U0130831

不夠善良的我們

IMPERFECT US

劇本書

徐譽庭
Mag Hsu

影集出品｜公共電視 MyVideo 製作｜有戲

目　次

contents

前言

我大部分的創作，都來自沒有對象可以傾吐的心情。

所謂「沒有對象」，並不是我沒有朋友或親情的投遞處，而是「人本就寂寞」的真相——就是有一些感觸，你知道三言兩語說不清、要說到貼切很費力以及聽者未必懂得——結果，我卻選擇了更費力的方式說出來。

譬如數年前，正在剪接的工作期的某一天傍晚，我坐在計程車上趕著去後期公司上工，車子在等紅綠燈的時候，我看到了一個大約四十歲女人的背影：白襯衫、深藍窄裙，一看就是上班的服裝，揹著裝了筆電的熟女包包、提著一個塑膠袋裡裝著三個便當，匆匆的行過斑馬線。

是個職業媽媽！但她應該不是工作狂（因為下班的時間點還算正常、從包包的重量看起來，也沒有回家繼續工作的打算）；可能只是家裡多一份薪水比較輕鬆（匆忙的腳步像剛下公車）；很需要不與社會脫節的生活場域（衣著剪裁滿別緻的）；需要一點點忙碌來證明自己的價值（窄裙後叉稍微歪在一邊）；結婚快十年了，生育了一個孩子，是個上小學的男孩（所以足以吃下一整個便當）；老公還算體貼（中午晚上都吃外賣，晚上便當也OK）。

計程車上的我當下突然升起一股好羨慕她的情緒——這才是正常而幸福的人生啊！但，我猜，正常而幸福的人生路上的她，可能在某些時刻，會羨慕著我的人生。

那時候起，關於羨慕、嫉妒、懷疑我會不會在某一個岔路口做錯了選擇的情緒，就開始醞釀成感觸。而那個正常幸福的女人的角色就存檔在我的腦子裡。多年後，我終於以她為原型，寫下了「簡慶芬」，又以簡慶芬日復一日的生活為出發，生出了《彼岸有花》的構想。（註：《彼岸有花》後更名為《不夠善良的我們》）

彼岸的那朵花開得真美——我們在自己的人生路上因為不時張望著另

一條跑道上的那個人，於是絆倒了自己——我以此為主軸，開始鋪陳這個故事。

人生充滿了選擇。年輕的時候，總在岔路口上膠著好久，像考是非題一樣，覺得答案就只有對或錯。長大以後才知道，每個選擇的前方都不是懸崖、路上都有風景和艱辛，但行色匆匆的我們卻難免要去懷疑另一條路上的風光會不會更明媚？路途會不會更平順？

貪婪的我們最想望的到底是什麼？一帆風順？高潮迭起？還是一帆風順裡又高潮迭起？那麼，究竟哪種人生比較快樂？

自從社群媒體蓬勃後，我猛然發現了自己對於祝福的「詞窮」：生日快樂、母親節快樂、中秋快樂、新年快樂……有一天我在臉書留言處打下「快樂」兩個字之後，感到厭倦以及不解——事實上我們在奔向快樂的路上，必須要經歷數倍的煎熬、辛苦才能換來「升官了」、「買車了」、「得獎了」的剎那快樂，但我們卻不斷的製造這些重複的過程，經歷痛苦，換取短暫的快樂——所以啊，會不會是我們誤會了自己？我們真正熱愛的不是快樂，而是痛苦?!

而我們對於「定義」是不是充滿了盲點？譬如努力爭取自己想要的，是自私還是有目標？退出的那個人，究竟是逃走還是大器？

我思索著這些沒有答案的問題。一旦開始思索，我就有了書寫的欲望，我總是想藉著書寫，反省自己的習氣、釐清一些心靈的混亂，倘若能讓觀者產生極大的共鳴，那就是我的快樂！

我那追尋快樂的痛苦過程

一直以來，我的劇本創作總是先有其中一個角色的。他或她，會待在我的腦子裡醞釀許久，我吃飯的時候想他、洗澡的時候想他、睡著前想他，想他來自怎樣的成長背景？想他的身邊會有怎樣的情人？哪樣敵人？

這些年來我理解了一個真理：要能寫好角色，那必須、絕對是一個通情達禮的創作者。你也許做得不夠好沒關係，重點是「通」，也就是你要「懂」！

懂了以後的觀察，才有意義。

我很喜歡觀察人，如果出門「看得到人」的話，我就不自覺的會開始觀察。

有時候我是看不到人的，因為我腦子裡裝著剛剛寫完的情節，或者下一段要寫的情節。你呢？你看得到人嗎？我說的不只是坐在你對面正和你聊天的朋友或你的家人、你的同事，包括你一打開門，外頭騎著腳踏車經過的婦人、麵攤隔壁桌的阿姨、不斷以麥克風介紹下一站的司機。

他們是什麼身體姿態？什麼說話口氣？穿著什麼樣的衣著？你能看著他們然後由他們身上透露的那些細節訊息，勾勒出他們大概的性格與背景嗎？

這才叫觀察。

一如那個黃昏，我看見的女子背影，經由觀察、分析後，我替她設想了一個人生縮影。（後續我會陸續介紹其他角色的設計緣起）

主要角色的雛形在腦海建立好了之後，我不會先進行角色的簡介，我反而會開始像寫短篇小說的方式，書寫故事簡綱。

彼岸有花

你發現了嗎？

我們總是祈禱一切順心，但事實上，我們熱愛的是「痛苦」。

我們追求著美麗、美好、完美，

於是，一連串的痛苦開始了。

「痛苦」讓我們感受到存在。

當痛苦過去了，我們便又開始追尋下一個痛苦的開始……

● 她最近很享受晚上十點以後的時間。

把 Bobo 攆上床後，她會洗一個舒服的澡，唱著歌。洗完澡要是瑞之還沒回家就更好了，她可以肆意的去做那些只有自己知道而喜歡的事，譬如——觀察「Rebecca · 張」的臉書。

Rebecca 又戀愛了，交了一個「小」男友；Rebecca 的手腕刺了一片葉子；Rebecca 在巴塞隆納；Rebecca 度過了 39 歲的生日……啊，Rebecca 啊！

Rebecca 是瑞之的前女友——應該這樣說比較清楚，瑞之，是她從 Rebecca 那裡搶過來的老公。也就是說，當年，如果她沒有成為瑞之的第三者，也許現在的 Rebecca 就是她？

而真實的現在是，婚後十年，她看著自己的生活——為別人而活的生活，她也不是後悔，只是扼腕。

瑞之回來了，她蓋上電腦。

「你知道我車停哪？河堤！馬的，走得我一身汗。」

「可惜了剛洗過的香噴噴的澡。」

瑞之從廁所傳來一聲：「你有毛病啊。」

她走到廁所前，靠著牆，看著洗臉的瑞之：「如果你外遇了就跟我說一聲。」

「沒問題，我第一個就通知你。」

瑞之關上了門，沖澡的聲音讓她想起他們很久很久沒有做愛了。

瑞之都怎麼解決需求？還是他已經沒有需求？但是她有！她想起 Rebecca 和 Rebecca 的小男友，他們都怎麼纏綿？每夜？每天？——於是她打開了廁所的門走了進去，瑞之卻鬼叫起來：

「你真的有病耶 ?! 去看心理醫生啦你！」

她被推出了浴室，淋了半身的水，狼狽。

此時此刻的 Rebecca 應該很快樂吧 ?! 她還在享受璀璨的夜生活、戀愛的撲朔迷離、未被定格的人生吧 ?!

早晨，瑞之帶著彌補的歉意，撫摸著她的身體，雖然潦草，但也聊勝於無，不過客廳裡卻傳來婆婆的聲音。

婆婆堅持擁有他們家的鑰匙，以防萬一。

「睡到這麼晚？瑞之又加班喔？啊不做早餐 Bobo 吃什麼？」

「他喜歡自己去早餐店買喜歡吃的。」

「那就做他喜歡吃的啊！自己做才乾淨嘛！」

這是她最後的戰場了——以後的每一天都要記得把大門從裡面反鎖！

而 Rebecca 的一天是怎麼展開的呢？

簡慶芬想著。

● Rebecca 是被房東吵醒的。

他要收回房子：兒子要結婚了，想整理整理給兒子做新房。

事實上 Rebecca 才剛花了一些錢把房子裝潢了一下，房東根本就是想占這個便宜！這就是租屋沒有保障的地方，但要在台北買間房子，是件多不容易的事，更遑論 Rebecca 的收入大多花在華服、旅行和醫美。

她熱著冰箱裡不知道幾天前殘餘的便當，等加溫的空檔拍了張自拍，在臉書留下：

怎麼辦？想搬家了。

她檢查著點讚的名單，沒有「他」。

Rebecca 再次搜尋臉書「何瑞之、Eric Ho」，依舊沒有他。難道他沒有臉書？而簡慶芬的臉書鎖得很死，她只能看到她新換的頭貼，是兒子的照片。

Rebecca 做過的工作很多，大多跟活動策劃有關，譬如生活節、電影節等等，每一份工作做上手了她就想換，她就是喜歡人家打電話來的第一句台詞是：「Rebecca，最近在忙什麼？」

她必須像一陣風，這是她幫自己打造的角色。

這一季她正在幫一個女性電影節規劃開幕典禮，和經紀人談完主持的細節後，她回到影展辦公室，阿寶笑嘻嘻的報喜：

「真的耶！我把我們合照一 PO 上去，她晚上就打電話來了！」

原來 Rebecca 並沒有小男朋友，只有年紀比她小、正陷入感情困局的男性同事。

放映室正在放映一部參展片，Rebecca 走進去，倚著門看了一些片段：女人發現了老公的外遇……何瑞之也外遇了嗎？罪人都受到應得的報應了嗎？

她其實一直就沒有很喜歡簡慶芬，雖然她們是同月同日生。也許星座真的有那麼一回事，有一次她們在公司竟然大撞衫，尷尬之餘，她們才稍微淺談了幾句。

沒想到「會喜歡上同樣的東西」這件事也蔓延到了愛情。

所以，被擠出愛情競賽的 Rebecca，不僅丟掉了那件衣服，更在日後遇到種種選擇時都會猜想——

「簡慶芬會怎麼選擇？」

然後逆向而行。

● 互視著對方、平行而行，是一個有趣的遊戲。

彷彿那樣就可以逃離真實生活的乏味冗長，於自己內心的小劇場裡，徜徉於另一種人生的可能。

但，就在婆婆過世的當天，可惡的 Rebecca．張卻毫無預警的關閉了自己的臉書帳號，簡慶芬的生活頓時失去了所有的戰場，陷入了真實的無聊、慘白。

說來可笑，在那段敵死我活的日子裡，婆婆因為太討厭 Rebecca，還默默的助了簡慶芬一臂之力，但婆婆也從沒真的喜歡上這個媳婦，只是簡慶芬的存在可以讓婆婆一而再的證明著自己，證明著什麼才是好妻子、好母親。

敵人都消失了，一切都變得沒有意義、惶惶不安……直到簡慶芬遇到了 Rebecca．張的小男友！

她外遇了。

● 是乳癌。

Rebecca 拿了報告在回程的捷運上怔怔發呆，她突然荒謬的想到，這輩子有多少人摸過自己即將切除的乳房啊？

湯醫師、小時幫自己洗澡的爸媽、當然還有自己、學長、何瑞之、那個義大利人……她哭了起來：

「怎麼這麼少？原來這麼少？」

鏡子裡的乳房，是魅力的根源，現在，竟然成為自己最大的敵人。

- 她們意外的重逢了。是在簡慶芬和何瑞之鬧離婚的時候。簡慶芬想結束外遇，小男友卻來鬧，終於紙包不住火。
- 她們都沒想過這樣的結局——陪 Rebecca 走完最後一程的，竟然是當初的情敵慶芬。

「為什麼？」

「因為我需要一個敵人。」

她們笑了，看著夕陽。

「我嗎？」

「所以你要好好活著。」

在書寫簡綱的過程，我同時一併檢視這些情節概念是否與心中的角色設計有衝突？檢視完畢後，我才會開始寫角色簡介（也有人稱為「角色小傳」）。甚至我有時不會寫這個部分，因為：

1. 我不希望演員用隻字片語去理解角色、創造角色。
2. 我發現很多編劇在角色小傳完成後，就會陷入「大家都已經瞭解他們」的迷思，反而在劇本書寫中忘了跟觀者溝通角色們的過去、現在、未來。
3. 我希望在觀者閱讀劇本時，一如閱讀小說，藉著每個人的說話（台詞）的口頭禪、用字方式，角色就能在觀者的腦海中立體起來。不過這是我督促自己的寫作技巧的「徐譽庭模式」，不見得適用於其他創作者。

簡綱完成後，就是我跟投資方交易的時候，如果這三、四張 A4 的內容，資方有興趣，那麼我們就簽約吧，我才會接下來的創作；如果資方沒有興趣，那麼這個故事還是我的，大家互不相欠的分手。

（這一點，提供給新進的編劇朋友——不要在完全沒有共識前簽約，解約很麻煩；也不要在簽約前給完整總綱，小心創意被竊，或是「到底是誰的構想」有理說不清。）

還有一點，簡綱是一個概念的表達，創作者自身千萬不要被簡綱框住，它是有機的，在你越來越具體角色、故事走向時，很多情節的設計會隨之調整、改變。一如我一開始的故事簡綱，與你後來看到的劇本，已經有了一些設定上的大調整。

然後，我習慣給自己每一次的嶄新創作，設下一些難題，或說別緻的特點。這一次我給自己設下的是：

1. 慶芬的心情以 OS 展現。
2. Rebecca 的心情只能用社群的文字展現。
3. 結構上必須每一集都以「序場→片頭→全劇→讓人感嘆的尾巴」的結

構內完成。

4. 放入「量子力學」與「情感流動」的巧妙相似。（這點後面說明）

進入正式劇本創作之前，我會對角色的職場做一些田調工作，從他們工作的內容、分工、專業語言、到他們上班的穿著。而我的田調方式比較是針對劇本需求的，除非是以職場為故事核心的戲劇，否則我會建議，田調以精準為宜：

1. 列出你已知的做確認
2. 列出情節中需要瞭解的重點

然後在田調時大量的用你的眼睛、耳朵去觀察，因為有很多時候，訪談是經過修辭的結論。

開始正式劇本創作時，我往往需要一段時間去找到「開場的氛圍」——這故事適合重磅出擊？或者娓娓道來？是情緒飽滿？還是清新入口？

然後我就順著那個氛圍開始進入書寫。

因為是非集體編劇的作品，所以我習慣的分場結構是很大塊而沒有細節的，讓自己隨時可以因為角色的流動曲線，再生出可能。

所以我的分場方式是替這一集設計出大的事件（或軸心議題），設計完成後就進入直接的劇本書寫，在書寫中跟著我的直覺鋪陳場與場銜接的旋律感、為故事設下小事件，讓小事件去碰撞角色性格之後，就會展現不同的結果以及下一段命運——跟人生一樣。

然後反覆的檢查已經寫好的部分，尤其是：這個角色的性格會這樣嗎？是不是偏執於這個角色的合理，卻讓對手角色的性格跑掉了？

以後設角度看去好像很清晰的創作脈絡，其實當下要歷經好多次的迷路與茫然，有時候是因為忘了目標，有時候是忘了初衷，所以你想說的沒說好、沒說深、沒說美……於是就會卡關。（所以並不建議新手編劇採用我的方式）

在這種時候，脆弱的自己很容易妥協：其實就這樣也可以啦！

但也很可能是「更上一層樓」：不行！我一定要寫出來那個感覺！

我是後者。可以很自信的說，在編劇界以用功程度評比的話，我應該是名列前茅的，也就正因此，我在編劇路上漸漸失去了「好好生活」的本質，一天工作 16 個小時、沒有週末、沒有三節年假、出國旅行也帶著電腦繼續工作。

曾經，學生被我逼到泣訴：我就不是徐譽庭，我沒辦法把寫劇本當成我生活的全部！

所以後來我不再收學生了，因為我發現我的人生方式是病態的，反正我的病不會好了，那就讓我一個人病就好。

看完這段插曲，如果你還是對寫劇本有興趣的話，那麼我將在這套劇本書裡試著分享一點創作經驗（過程），但請容我大聲的提醒各位想創作的朋友——我不是老師，生活才是。

故事從「生活一切都滿好的，只是有點日復一日」的簡慶芬開始說起。難處是：

1. 必須要呈現角色的狀態，角色才會立體，所以「簡慶芬的日復一日」的感覺該怎麼營造？
2. 「日復一日」作為第一集，會不會讓觀者覺得太過平淡？
3. 在寫實的基調裡，如何提供戲劇張力。

最後我發現，能夠解決以上難題的，是製造觀者的「共鳴」、會心一笑、好奇心。

關於「共鳴」的取材，是需要經過判斷後篩選的：婆媳問題是很有效的，但我不想重複別人談過的那些，我想聊的是人性裡的遠香近臭；婚姻關係裡浪漫很容易漸漸被忽略，連做愛都變成了服務；夫妻間的秘密以及試探……還有道具。

我初來台北時，發現了「紅葉蛋糕」對台北人的情感意義。事實上我並不愛紅葉蛋糕，我討厭奶油，也討厭鬆軟的蛋糕體，但是每次朋友過生日，發現被準備的是紅葉時，總會引來一陣台北人的驚呼與感觸，那是一種藏在陳舊記憶裡的美好幸福感，於是紅葉蛋糕成為這個劇本裡相當重要的道具。

這裡，我要提醒新手編劇：道具不要用過就丟，它應該被串起，在重要時刻展現它存在的功能。

對了，紅葉蛋糕並沒有置入這個作品，僅是提供了我們拍攝道具的蛋糕實體。感謝紅葉。

第一集

場次	1	時間	**日、夜**	場景	**雜景**
人物	**非劇中演員。1-4 建議徵影片方式**				

△黑畫面中，慶芬的 OS 先 in……

慶芬 OS：嗨，你的下一個目標是什麼啊？

△畫面淡入——（以家庭錄像的質感、螢幕比例，短短的呈現每一個目標達成的剎那）

△1-1 日，開心和存摺合影的剎那，（存摺金額是 1,008,463-）

△1-2 日或夜，拿到案子（或得獎）五、六個組員跳起歡呼剎那——

△1-3 夜，手機訊息彈出：可以把妳的一輩子交給我嗎？——的剎那

△1-4 夜，極光之旅，「我們來了！」的剎那……

△最後一個剎那停格——

慶芬 OS：那你計算過嗎？為了到達「那裡」，必須經過多少的痛苦呢？

場次	2	時間	**日、夜**	場景	**雜景**
人物	**2-1 男學生、男上班族、超商店員其他；2-2 女上班族、長官；2-3 一對約 30 歲的情侶**				

△畫面展開為正常 size，一種主觀（來自慶芬的）

△2-1 日，超商結帳櫃檯，前者買了便當、甜點、還點了冰咖啡，後面這人（上班族）只買了一個御飯糰……

△2-2 日，被長官罵……

△2-3 夜，對面窗戶，有情侶正在吵架……

△ OS 搭在畫面上……

慶芬 OS：我的意思是說，我們為人生定下了一個又一個的目標，為了成全那一個又一個很剎那的快樂，你發現了嗎？其實大部分的時間，我們都活在痛苦裡。

場次	3	時間	**夜**	場景	**雜景**
人物	**慶芬**				

△ 紅葉蛋糕上，插著 41 歲的蠟燭……

慶芬 OS：所以我在猜，會不會是我們誤會了自己？以為追求的是快樂，但事實上我們真正熱愛的……是痛苦。

△ 燭光跳動，因此我們看不太清楚的慶芬，她正在蛋糕前許願……

慶芬：嗯……我愛的人跟愛我的人都健康快樂，然後……希望今年能……刺激一點！

△ 蠟燭吹熄，畫面黑……

慶芬 OS：最近，我沒什麼痛苦耶……

場次	4	時間	**昏**	場景	**馬路（四線道）**
人物	**慶芬**				

△ 黃昏的下班時間，車水馬龍。

△ 慶芬的背影正匆忙的穿越斑馬線——她穿著上班的淺藍色襯衫、深藍長褲，一手提著一袋剛從超市買的菜、一手提著自己放著筆電的沉重包包，往馬路的另一端走去……

慶芬 OS：對啊，因為我找不到「下一個目標」了……

場次	5	時間	**夜**	場景	**公園**
人物	**慶芬、布布、其他家長、其他孩童、教練、其他運動的人**				

△ 傍晚的公園鬧哄哄的——

老人家在運動、家長在聊天等候、小孩在教練的指導下學直排輪……

△慶芬坐在一角，正埋頭專注的在回覆手機的訊息，九歲的兒子「布布」穿著直排輪滑到慶芬面前，拿起了一旁的水壺喝著……

慶芬 OS：其實所有的一切都不錯……

布布：今天可以吃麥當勞嗎？

△慶芬頭也沒抬的回道——

慶芬：現在不要跟我講話我在處理公事。

△慶芬專注的輸入著手機……

慶芬 OS：只是有點忙……

場次	**6**	時間	**夜**	場景	**慶芬家 - 客廳**
人物	**慶芬**				

△茶几上散落著用餐完畢的兩份麥當勞殘餘包裝……

△電視的聲音與燈光都打在沙發上盹著的慶芬身上，她還穿著那套上班的襯衫長褲，仰著頭、微張的嘴，顯示了她的疲憊……

慶芬 OS：有點累……

△手機響了……

△下一場慶芬講手機的聲音先 in……

慶芬（畫外音）：現在就去掛急診！

場次	**7**	時間	**夜**	場景	**慶芬家 - 廚房**
人物	**慶芬**				

△廚房裡，慶芬把麥當勞的包裝做垃圾分類，脖子夾著手機跟母親講話……

慶芬：簡慶輝呢？……他老婆可以再機車一點！……我現在過去……什麼不用 ?! 都飆到 190 了！……降到多少了？

慶芬 OS：有點煩……

場次	8	時間	**夜**	場景	**慶芬家**
人物	**慶芬**				

△慶芬在後陽台晾衣服……

△完成後慶芬走了進來，瞄了牆上的時鐘，快十點了，但老公還沒到家，必須關心一下，她開始找手機，陽台、客廳、臥室……全找不到……

△慶芬只好拿起家用電話打給自己……

慶芬OS：（笑）日子裡都是些瑣碎的雞毛蒜皮……

△手機鈴聲傳來，就在她的口袋裡——慶芬對自己的健忘很無奈。她拿出了手機，發現了一則訊息：

一家之主：會很晚

場次	9	時間	**夜**	場景	**慶芬家-布布房**
人物	**慶芬、布布**				

△慶芬邊推開兒子的房門邊說——

慶芬：何布布你該上（頓）——

△布布早已經在床上睡著了……

△慶芬感到一陣欣慰，走去坐在布布的床沿、摸著布布的睡臉，甜蜜的笑了，接著靈機一動，她躺在了布布的身旁，用手機拍下了一張合照，開始操作手機在社群上發文……

慶芬OS：就算……我很努力的放大了那些小小的幸福……

△手機社群有剛剛的合照，以及文字註解「好愛你喔～～」……

△慶芬放下了手機，看著天花板發著呆……

慶芬OS：但是我知道，它其實只是千篇一律、日復一日……

場次	**10**	時間	**夜**	場景	**慶芬家 - 主臥連浴室**
人物	**慶芬**				

△ 10-1 慶芬在浴室裡的歌聲傳出，主臥暗黑，只開了床頭燈，看得出略擁擠但還算整齊、溫馨……

慶芬 OS：**沒有追求目標的那些痛苦，於是也就失去了「痛快」——這應該就是答案了吧？**

△ 浴室的門沒關……

△ 浴簾裡，慶芬正洗著澡，哼著一首歌……

△ 10-2 慶芬已經洗好澡，穿著舊 T 恤和居家短褲，坐在床沿吹頭髮，繼續唱著那首歌……

場次	**11**	時間	**夜**	場景	**慶芬家 - 前陽台**
人物	**慶芬、男路人（向立？）**				

△ 慶芬蹲在陽台喝著一杯紅酒、偷抽著菸……

慶芬 OS：**聽說我們都有責任讓自己快樂起來，所以我好像應該幫我的日復一日找一個目標了。**

△ 抽完菸，她謹慎的把菸盒跟菸灰缸藏好，拿著紅酒起身正準備進客廳，這時樓下某個路人的歌聲飄了上來……

路人（畫外音）：Sorry monica ,Sorry monica Sorry monica,

△ 慶芬駐足，她倚著女兒牆看去……

△ 是一個騎著 Ubike 的男人經過了樓下，唱著歌、揚長而去……

路人：don't you hate me monica……

△ 那歌聲讓慶芬想起了一個人……

慶芬 OS：**所以……我就想起了一個人……**

編按：莫妮卡原歌 https://www.youtube.com/watch?v=pHkXMnD1C3I 此歌的曲風做為參考。
最好可以用「Rebecca」來新創一首。

場次	**12**	時間	**夜**	場景	**慶芬家-餐桌區**
人物	**慶芬**				

Rebecca・**張**

△筆電螢幕伴著最後一句歌聲，一字一字的輸入這個名字，接著游標按下了「搜尋」……

△鬆一點的鏡頭看去，筆電螢幕正在社群網站上進行搜尋「Rebecca・張」的動作，此刻彈出了一些選項……游標依次滑動著。

△餐桌前的慶芬盯著筆電，她專注的檢查著那些選項、滑動著游標，突然規律的動作停下了，一種直覺，眼前這就是她要找的人：

△螢幕上，游標正停在一個「以手部刺青」作為頭貼的「Rebecca・張」上……

△手指按下了滑鼠的「點入」……

△螢幕上頓時跳出了這位「Rebecca・張」的社群首頁：

奔向巴黎鐵塔的背影是封面

左手虎口上的「花朵」刺青是頭貼

△游標點入了頭貼，內文寫著：

2019年4月8日，**達成**。

△慶芬思索著、玩味著……

△游標點入了照片集，全都沒有主人翁。其中有一張：拍著櫥窗的照片……

△游標點入這張照片……

照片彈出後被放大，目的地是不小心反射在櫥窗上的Rebecca的正面……

△筆電前的慶芬露出了笑容——

慶芬：果然是你……

△慶芬的笑容，溶接到下一場……

場次	13	時間	**日**	場景	**辦公室-櫃檯**
人物	**慶芬、櫃檯妹妹、Rebecca、瑞之**				

△十二年前的慶芬，一張笑盈盈的臉說道……

慶芬：你好，我是來業務部報到的簡慶芬。

△櫃檯裡的妹妹聞言說了句「稍等喔」，就拿起電話撥到內線，對彼端說道……

櫃檯妹妹：新同事來報到喔。

△櫃檯妹妹掛上電話的同時，一抬頭看到慶芬身後、又再看看慶芬、接著又回到慶芬身後，露出了吃驚、意外、好笑的神情，同時還發出了一聲……

櫃檯妹妹：（糟了）哇～

△慶芬隨著櫃檯妹妹的視線看去——

△一個女子走進公司，步伐因錯愕而放緩的看著慶芬……

△慶芬也錯愕了——因為她們穿了一模一樣的洋裝！

△但慶芬依舊維持禮貌，尷尬的笑了笑……

慶芬：嗨……好……巧喔。

△那女人外表看起來有點高傲，只是很勉強的擠了擠嘴角，什麼也沒說就匆匆的往內走，卻差點撞上了走出來的「瑞之」。兩人似乎很熟，所以連「抱歉」都沒說，瑞之只朝那女人丟了一句——

瑞之：放你桌上了。

△接著瑞之就客套的朝著慶芬說道……

瑞之：你是……（看著手中的資料）簡慶芬？

慶芬：對。

瑞之：我，何瑞之。經理把你分到我這一組。

慶芬：喔，組長好。

瑞之：那我們……裡面……

△瑞之做了一個「要慶芬隨自己往裡面走」的動作，接著就邊看著慶芬的資料邊帶路往內走去……

△慶芬很周全的先跟櫃檯妹妹致謝後隨著瑞之進入……

△瑞之突然笑了，看著慶芬的資料說道……

瑞之：竟然同一天，難怪。

慶芬：蛤？

瑞之：剛剛那個也是穿（拿著資料的手比畫著慶芬的衣服）……你們生日是同一天。

慶芬：（懂了）喔……

△慶芬不知道該用什麼反應來表達這個超意外的巧合，不可置信的尷尬笑笑……

慶芬：是同年同月同日的「同一天」？

△走在前面的瑞之不假思索的說道……

瑞之：張怡靜小你兩歲，喔大家都習慣叫她「Rebecca」，行銷部的。

場次	14	時間	**夜**	場景	**慶芬家－餐桌區連廚房**
人物	**慶芬**				

△續第 12 場——

△筆電螢幕上，是 Rebecca 的一則 PO 文被往上滑到中央：一張照片：紅葉蛋糕上插了「3」、「9」的蠟燭，說明文字是：

喜歡現在。

（真的！）

我一點都不懷念 20、30 的我，

那時候……

太、蠢、了！

△螢幕前，正吃著一塊剩下的生日蛋糕（紅葉）的慶芬笑了……

慶芬：同意。

場次	15	時間	日	場景	辦公室
人物	Rebecca、慶芬、公關部同事 A（溫妮）、公關部同事 B、公關部主管 Christine、其他同事				

△當年的另一日

△慶芬正在影印機前忙碌，離行銷部滿近的，所以她可以聽見行銷部正發生的事……

Rebecca（畫外音）：（驚呼）你怎麼還沒去現場？

△慶芬聞聲看去——

△又剛好穿著跟慶芬同一款卻不同色上衣的 Rebecca，看來是正從某處匆忙歸來，手上抱著一箱包裝紙袋——

△同事 A 正拿著手機記錄外送飲料

同事 A：等飲料送來就去啦。欸我們要叫飲料你要喝什麼？

Rebecca：我沒你們那麼好命。

△ Rebecca 嘟囔著、一臉不悅的往座位走去，放下手上的物品……

△同事 A 不爽的說道……

同事 A：幹嘛 ?! 奇怪耶！不放心就自己去啊！

△這時，另一個同事 B 悠悠的走來戳了戳 Rebecca 的手臂，事不關己的悠悠說道……

同事 B：你贈品還差五十喔。

Rebecca：昨天我點過是一百五沒錯啊？

同事 B：要兩百。

Rebecca：Christine 不是說一百五？

同事 B：她剛剛說要備到兩百，以防萬一。

Rebecca：為什麼每次都要到現在才講 ?!

△感覺整個行銷部的步調都很優雅，只有 Rebecca 的節奏是忙碌的……

△這時行銷部主管 Christine 從她的辦公室探出頭來……

Christine：欸，明天的新聞稿咧？

△行銷部的同事全都看向 Rebecca……

Rebecca：……再半小時。

Christine：（埋怨）Rebecca！

△ Rebecca 趕緊入座、趕緊打開電腦……

△ Christine 嘆著氣轉回自己辦公室，又回頭問著……

Christine：你們都在這那誰在現場？

同事 A：（故意）Rebecca 說她要自己去。

△ 主管氣呼呼的看向背黑鍋的 Rebecca……

Christine：怎麼什麼事你都要搞到來不及啊 Rebecca ?!

△ Rebecca 無力、也沒時間辯解，只能急忙寫著新聞稿……

Christine：溫妮，你幫 Rebecca 去現場！

△ 影印機前的慶芬看著這一幕……

場次	16	時間	日	場景	**辦公室 - 電梯前**
人物	**慶芬、Rebecca**				

△ 主觀（同一日）——

△ Rebecca 也在等電梯，同時壓抑著倔強的音量在講手機……

Rebecca：我自己會找商品部要，你去忙你的好不好？……又不是沒被罵過……（不服）為什麼要塞耐？明明就同公司大家為什麼不能用溝通的非要撒嬌那一套？（氣）為什麼你也這樣 ?!

△ 倔強的 Rebecca 抹著眼角溢出的淚水，這時一張面紙遞到她面前，Rebecca 看去——

△ 是，正要外出洽公的慶芬，一臉善意的……

△ 但 Rebecca 沒接，很沒禮貌的立刻閃躲進安全梯間——

場次	17	時間	日	場景	**辦公大樓外**
人物	**慶芬、瑞之、環境人物**				

△ 慶芬匆匆走出辦公大樓，四下尋覓著瑞之的車……

△ 一輛轎車的自動窗被搖下，駕駛座上正在講手機的瑞之朝她招了招

手……

△慶芬奔向瑞之的車子，上了副駕……

△瑞之正在講手機，慶芬只好坐在那裡尷尬的聽著、等著……

瑞之：（解釋）我只是說有些方法比較快嘛……好我太功利了但是——……好啦好啦那萬一（被打斷）——我就擔心如果商品部那邊——（被掛斷）

△瑞之隱忍著嘆息，放下了電話，調整了一下情緒笑笑對慶芬說道……

瑞之：不好意思。

△慶芬笑笑……

慶芬：不會啊。

△瑞之放下了手煞車，正要出發……

慶芬：辦公室戀情不好談吶？

△瑞之一愣，接著驚訝看向慶芬，頓了一頓才說道——

瑞之：你……才來公司（想了一下）不到一個月吧？……怎麼發現的？

△慶芬抬起了下巴做思索狀（她知道自己這樣很可愛）……

慶芬：嗯……報到那天，我看見你撞到 Rebecca，或者 Rebecca 撞到你，總之你們連「抱歉」都沒說，表示你們很熟；後來我問你我跟 Rebecca 的生日是同年同月同日嗎，你立刻就說她小我兩歲，然後——（被打斷）

瑞之：你應該去調查局工作的啊！

慶芬：我是考慮過去修一下心理學看看能不能當個心理諮商師之類的。

△瑞之笑了，駛出了車子……

瑞之：可以幫我保密嗎？

△慶芬驚訝的看著瑞之……

瑞之：（苦笑）好像「上面」……不太喜歡這種關係。

慶芬：那你也可以幫我一個忙嗎？

瑞之：（訝異）我可以幫你什麼忙？

慶芬：以後 Rebecca 穿什麼衣服來上班可以先讓我知道嗎？

△瑞之大笑……

△ 下一場一個男人的聲音先 in……

瑞之（畫外音）：你知道我車停哪？

場次	**18**	時間	**夜**	場景	**慶芬家 - 餐桌區**
人物	**慶芬、瑞之**				

△ 慶芬即刻蓋上了筆電，抬頭看去——

△ 男人正進門，換著拖鞋。

慶芬：河堤。

△ 男人苦笑（沒錯），走向了慶芬……

瑞之：走得我一身汗。

△ 男人把公事包放在慶芬對面的餐椅上，我們這才發現，他竟是瑞之——

慶芬：可惜囉～～

瑞之：可惜什麼？

慶芬：剛在小三那裡洗好的香噴噴的澡啊。

瑞之：你才有鬼咧，我一進門你就關電腦。

慶芬：要不要檢查？

△ 慶芬挑釁的再次掀起了筆電的蓋子……

△ 瑞之邊繞到慶芬的背後、邊端起慶芬吃剩的那塊蛋糕……

瑞之：蛋糕還沒吃完？

慶芬：誰叫你買那麼大？

△ 瑞之吃著蛋糕，看著筆電螢幕……

瑞之：還不是因為你喜歡吃紅葉。

△ 慶芬不語，兩人皆看著筆電螢幕……

△ 螢幕上是一張被放大的照片：一雙投在地面上的影子，很明顯的是一男一女，男的滿高的……

瑞之：你跟誰啊？

慶芬：嫉妒嗎？

瑞之：還好。

慶芬：一點都不好，因為這個女的是捲髮，你老婆是直髮。

瑞之：真的耶。

△ 瑞之笑了笑，放下吃完的空盤，往主臥走去……

瑞之：布睡啦？

慶芬：不然咧？

慶芬 OS：沒錯，後來嫁給何瑞之的是我，不過故事並沒有結束……

△ 慶芬操作著筆電……

△ 螢幕上那張放大的相片被縮回原尺寸，露出社群 PO 文的全貌——照片是「于向立」分享給「Rebecca・張」的

△ 慶芬感慨的笑笑——

△ 螢幕上游標滑動，點入了「于向立」……

慶芬：（喃喃）1993……

△ 她拿起手機找到計算機，算著向立的年紀——30歲！

△ 慶芬一臉吃驚，驚訝的笑出……

慶芬 OS：它繼續上演著 Rebecca 的精彩，我的日復一日……

△ 螢幕上，游標又點入了于向立的「照片集」，頓時彈出了許多于向立的照片……滿帥的！且愛好運動、健康陽光

△ 慶芬有點嫉妒了……

△ 片頭音樂起……

場次	**片頭**	時間		場景	
人物					

△ 上工作人員名單……

△ 各種年紀的兩個女人之間的「比較」，例如：

搶玩具的兩個三歲女孩……

公布欄上，兩個名列前茅的女生名字……

△ 上劇名

場次	19	時間	夜	場景	慶芬家主臥連浴室
人物	慶芬、瑞之				

△ 瑞之正在浴室洗臉（身上只剩下襯衫＋內褲）……

△ 慶芬走到浴室門口，倚著門框說道……

慶芬：怎麼又搞那麼晚？

瑞之：饒了我吧，我不想再重複一遍那些狗屁倒灶。

△ 其實慶芬並不在意答案，她的目的是下一個問題，她試探的說道……

慶芬：欸！我去刺青好不好？

瑞之：（沒聽清楚）蛤？

△ 慶芬在自己的左手虎口比劃著……

慶芬：刺一片葉子在這裡……

△ 瑞之轉身撈了架子上的毛巾擦臉，嘲謔笑笑說道——

瑞之：去啊。連弄個耳洞都會過敏發炎，不怕就去。

△ 瑞之嘴角微微嘲笑、關上了浴室的門……

△ 慶芬很滿意這個答案，證明瑞之沒有 Rebecca 的近況，正轉身要走出主臥，卻停下了腳步，好像在盤算著什麼……

△ 浴室裡蓮蓬頭的水聲傳來……

△ 慶芬看向浴室，心裡的念頭越來越蠢動……突然走向浴室打開了浴室的門走了進去——

△ 我們只能聽見聲音、隱約的看見人影……

△ 慶芬猛拉開浴簾、瑞之驚呼——

瑞之（畫外音）：幹嘛啊 ?! 嚇我一跳！

△ 慶芬笑聲帶著尷尬的求歡企圖……

慶芬（畫外音）：你在幹嘛？

瑞之（畫外音）：洗澡啊幹嘛！欸欸，你幹嘛幹嘛 ?! 不要鬧了等下被布布聽到——

慶芬（畫外音）：（尷尬笑著）你都怎麼解決？打手槍喔？

瑞之（畫外音）：簡慶芬你有病耶！

△ 接著，半濕的慶芬被用力推出了浴室——

瑞之（畫外音）：去看醫生啦！

△ 浴室的門被用力關上、還上了鎖……

△ 慶芬一身狼狽，臉上的笑還來不及收回來、雙手還停在半空中、身上的水珠滴落著……

慶芬 OS：而這就是我跟何瑞之的婚姻生活，沒有不好……就只是……

慶芬：太平凡了……

△ 慶芬看著自己的雙手，苦笑著慢慢收拾自己的狼狽，突然浴室緊閉的門發出了一個撞擊聲，讓慶芬回神，她看向浴室門——

場次	**20**	時間	**夜**	場景	**慶芬家 - 主臥**
人物	**Rebecca、向立、慶芬**				

△ 門開了……正在擁吻的 Rebecca 與向立，激情爆表的邊熱吻邊出了浴室：

半濕的 Rebecca 穿著簡單的男友襯衫和內褲、向立只穿著一條四角內褲，Rebecca 滿手的洗髮精泡沫，看起來頭洗了一半，還帶著泡沫，而向立的身上也沾著泡沫……

△ 慶芬羨慕的看著他們——

△ 他們是那麼的熱情、渴望、浪漫，整個空間，頓時好像緩緩飛舞著浪漫的泡泡……

△ Rebecca 和向立一路吻著往雙人床而去，但當他們倒在床鋪的剎那，慶芬卻忍不住出聲了——

慶芬：欸等等！

△ 半空中的 Rebecca 和向立吃驚的看著慶芬……

△ 慶芬一臉歉然的笑笑，解釋著……

慶芬：不好意思打擾你們，因為……（指著床）我昨天才剛換的……還是我先把床單拿下來你們再……繼續？

△ 慶芬趕緊走向雙人床，邊解釋邊扯下床單……

慶芬：洗床單其實有點麻煩，烘過以後還是要給太陽曬一下睡起來才舒服，這幾天還下雨，乾了以後還要先燙平，然後那床包要折成那個四四方方真的不是很容易……喔因為它收口的地方有鬆緊帶……

△ 慶芬繼續扯著床單……

慶芬：而且我每天要做人家的媽媽、老婆、媳婦、女兒、員工、一個愛地球的好人，所以我已經（累到分身乏術）……你們懂我的意思嗎？

△ 慶芬誠懇的看向兩人——

△ 但其實沒有 Rebecca、也沒有向立，一切只是夢……

場次	**21**	時間	**日**	場景	**慶芬家 - 主臥室**
人物	**慶芬、瑞之**				

△ 慶芬緩緩的張開了眼睛……

慶芬 OS：連春夢都如此平凡的日復一日，又開始了……

△ 俯瞰下，是她和瑞之背對背的睡姿……

△ 一會兒之後，手機鬧鐘才響了，慶芬一動不動……

△ 瑞之按掉了鬧鐘，伸個懶腰，在床上發了一會兒呆，轉頭看著慶芬的背，因為對昨晚有點抱歉，所以翻過身，刻意把手搭在慶芬的肚子上，捏了一把……

瑞之：你怎麼腰包沒拿下來就睡了？

△ 慶芬把瑞之的手打了開來，霍地起身，卻被瑞之拽回床上……

瑞之：今天可以晚半小時進公司。要不要？

慶芬：（不置可否）……

瑞之：快點快點，布布要起床了。

△ 兩人匆匆褪去下半身衣物的動作，瑞之很快的趴在了慶芬的身上，潦草的進行了一點前戲，正要開始，卻聽到——

何媽媽（畫外音）：幾點了還沒一個人起床 ?!

△ 他們的動作一頓——

慶芬：你又忘了反鎖 ?!

瑞之：是你忘了吧……

慶芬：昨天最後進門的是你耶……

瑞之：（想起來了，沒錯）……對不起……

場次	22	時間	**日**	場景	**慶芬家 - 廚房**
人物	**慶芬、瑞之、何媽媽**				

△ 何媽媽正在把市場買回來的東西塞進冰箱，偶爾翻出一些食材看看、聞聞、叨唸著……

何媽媽：都過期多久了……到底整天都忙什麼，真是。

△ 瑞之走進廚房佯裝喝水……

瑞之：怎麼這麼早？

何媽媽：早一點去市場東西才新鮮啊！布布還不起床不會遲到嗎？

△ 外頭傳來了慶芬叫布布起床的聲音……

慶芬（畫外音）：何永勵起床了！

△ 何媽媽聽到慶芬的聲音，故意揚高聲音，以慶芬可以聽到的音量說道……

何媽媽：要弄什麼給布布吃啊？

瑞之：他喜歡去早餐店買自己喜歡吃的啦。

何媽媽：（提高音量）那就做他喜歡吃的啊！外面的東西那麼髒！

△ 不太爽的慶芬走到廚房口瞪了瑞之一眼後，對婆婆說道……

慶芬：也不能讓他沒有一點抵抗力啊。媽你放心啦，我跟布布說好了，星期三、星期五偶爾讓他吃吃外面，其他天我都會做早餐！

△ 何媽媽根本沒理慶芬的說明，兀自說道……

何媽媽：（揚聲）布布啊，你想吃什麼奶奶給你做！三明治好不好？

△ 慶芬又輸了——

場次	23	時間	**日**	場景	**慶芬家 - 廚房**
人物	**慶芬、布布、何媽媽**				

△ 鍋子裡煎著荷包蛋、火腿片……

△ 慶芬把蛋、火腿片、擠上番茄醬放在三明治裡，用保鮮膜包好交給了布布……

△ 布布很不滿意的抱怨著……

布布：人家都想好要吃豬排蛋餅了。

慶芬：你小聲點不要給我惹麻煩！

△ 布布拿著三明治出了廚房……

△ 慶芬看了看時間，有點緊張的洗著鍋子，同時聽見客廳布布道再見，婆婆跟瑞之的回應……

布布（畫外音）：奶奶再見。

何媽媽（畫外音）：要乖乖聽老師話。

瑞之（畫外音）：何永勵水壺！

△ 慶芬潦草弄好善後，正要往外走，剛好何媽媽正要走進廚房，看見慶芬說道——

何媽媽：何瑞之不吃早餐嗎？

△ 慶芬無語了……

場次	24	時間	**日**	場景	**街道 - 公車上**
人物	**慶芬、何媽媽、環境人物／Rebecca**				

△ 公車上，婆婆坐在博愛座看著窗外、慶芬站在她的旁邊，也看著車窗外……沒有交流的一對婆媳。

慶芬 OS：其實還好有這位老太太的存在，要不然我的人生，好像連抱怨的內容都快沒有了。

△ 公車到站停下，有人上下車……

△ 人群裡，慶芬彷彿看到車窗外當年的 Rebecca，正吃力的搬著那些道

具走上了車……

△慶芬看著她，想起了當年……

場次	25	時間	日	場景	辦公室
人物	**辦公區：慶芬、同事 會議室：瑞之、主管、客戶**				

△ 25-1

△瑞之不在位子上，但他的手機在桌上震動，又停下……

△慶芬正在接一通電話……

慶芬：好，那我請何組長會議結束立刻跟你聯絡……OK 謝謝。

△慶芬掛斷了電話後發現瑞之的手機又再次震動……

△她想了想，拿起瑞之的手機看著……

△手機顯示來電者是：

老媽

△慶芬思索了一下，接了……

慶芬：何媽媽你好，我不是 Rebecca……那個組長現在在開會……（擔憂）你還好嗎？

△ 25-2

△慶芬匆匆走到行銷部，問著一位同事——

慶芬：請問 Rebecca 在哪啊？

同事：去攝影棚了吧，今天拍代言。

△ 25-3

△會議室內，瑞之正在開會，感覺不便打擾……

△慶芬在會議室的落地窗外，焦慮的張望……

場次	26	時間	日	場景	急診室
人物	**慶芬、何媽媽、警察 X2、肇事者、環境人物**				

△慶芬邊講著手機走進急診室，邊焦急的張望尋找

慶芬：何媽媽我到急診室了——

△遠遠的何媽媽坐在一張病床上……

何媽媽：這！……看到沒？……我在這……

△慶芬看見了，趕緊走去……

△此時兩名警察和肇事者都站在何媽媽的病床旁，一個正在登記肇事者的駕照資料，一個正聽著何媽的說明……

△何媽媽邊喊痛邊跟警察說著（國閩交錯）——

何媽媽：你年輕人不怕死可我怕！摩托車載了那麼多東西還騎那麼快——

肇事者：（插話）她闖紅燈啦。

何媽媽：轟一下就撞過來了……

△慶芬到了……

慶芬：何媽媽，你還好嗎？

警察：是家屬嗎？

慶芬：喔我……是何媽媽兒子的同事，因為他正在跟客戶開會——（被打斷）

何媽媽：「雷掰咖」呢？

慶芬：（歉然）她也在忙。何媽媽你哪裡受傷了？

肇事者：（插話）她闖紅燈啦。

何媽媽：（示意自己的右小腿）骨頭裂了……

警察：剛剛照過 X 光——（被打斷）

何媽媽：醫生說要開刀，唉喲我最怕動刀了，何瑞之什麼時候才來啊？

△慶芬趕緊握住何媽媽的手，攬住她，眼神關心著何媽媽受傷的右小腿……

慶芬：不怕喔不怕，我會一直陪著你……

肇事者：她闖紅燈啦。

慶芬：（斥）有沒有闖紅燈調監視器就知道了，但是你態度可以好一點！如果是你媽呢？

△慶芬捍衛的斥責，讓何媽媽很受用，於是緊緊握著慶芬的手……

場次	27	時間	日	場景	病房
人物	慶芬、瑞之、何媽媽、Rebecca				

△瑞之幫何媽媽調整著床鋪角度，慶芬幫何媽媽調整著枕頭，何媽媽的右小腿已經打上了石膏⋯⋯

何媽媽：（埋怨）不就多虧有人家簡小姐。

瑞之：我就在開會嘛。

何媽媽：（溫柔）簡小姐啊，謝謝你，辛苦了。

慶芬：不會啦何媽媽。

瑞之：這樣好不好？

何媽媽：好啦好啦隨便啦。

△這時 Rebecca 提了一個便當盒走了進來

Rebecca：何媽媽⋯⋯

△慶芬以笑容招呼著 Rebecca，瑞之以眼神⋯⋯

Rebecca：還好嗎？

瑞之：剛開完刀。

△何媽媽卻看都沒看 Rebecca，故意繼續講著話，佯裝沒聽到⋯⋯

何媽媽：瑞之你要幫我記住，等我出院一定要請人家簡小姐來家裡吃飯。

瑞之：好！等你好了一定讓你好好的現一下。

慶芬：之前就聽組長說何媽媽好會做菜，所以何媽媽你要聽醫生的話好好休息、早點康復、早點讓我吃到你的拿手菜！

△Rebecca 插不上話，只好兀自在病床旁的邊櫃打開了便當⋯⋯

何媽媽：唉，傷筋動骨起碼一百天⋯⋯到時候何媽媽做我那個栗子燒雞、還有那個酸菜牛肉，何瑞之每次——（嫌棄）這什麼味道 ?!

△何媽媽看向 Rebecca⋯⋯

△Rebecca 趕緊擠出笑容⋯⋯

Rebecca：喔⋯⋯他們說鱸魚補傷口，所以我去買了鱸魚——（被打斷）

何媽媽：（嫌棄、驚嚇狀）拿遠一點、拿遠一點⋯⋯

△瑞之趕緊去幫 Rebecca 收起便當盒，低聲說道⋯⋯

瑞之：我媽不吃魚。

△ Rebecca 這才想到，一陣尷尬……

Rebecca：啊……

何媽媽：拿出去拿出去！我要吐了……

△ 瑞之趕緊攆著 Rebecca 跟她的魚湯出去……

△ 局外人慶芬也尷尬著不知該怎麼圓場……

場次	28	時間	日	場景	街道 - 公車上
人物	慶芬、何媽媽、環境人物／Rebecca				

△ 現在，當年的那個 Rebecca 根本不在公車裡，其實是另一個年輕女生……

△ 看著那年輕女生的慶芬，收回了視線，看向當初的神隊友何媽媽……

△ 何媽媽依舊看著窗外，老毛病，不喜歡誰臉就不面對著誰……

△ 慶芬突然開了口……

慶芬：媽，你還記得 Rebecca 嗎？

△ 何媽媽想了一下，依舊看著窗外……

何媽媽：記得啊，就那個「雷掰咖」嘛……她生幾個了？

慶芬：還沒結婚。不過交了一個比她小十歲的男朋友。

△ 何媽媽有點吃驚，看了看慶芬，想說什麼卻放棄了，又看回了窗外幽幽說著……

何媽媽：她是長得漂亮……

△ 慶芬玩味著何媽媽的話……

何媽媽：身材又好……又會打扮………

慶芬 OS：（笑）人性真是他媽的滑稽！——沒有得到的，永遠更迷人。……討人厭的老太太是……我也是……何瑞之也是嗎？

△ 慶芬諷刺的一笑，看向車窗外……

△ 公車窗外，經過了一個又一個的 Rebecca……

場次	29	時間		場景	**社群頁面特效**

△ 特寫「Rebecca・張」的社群，以下的 po 文一一滑去：

18,000,000-

△ 繼續往下滑是較舊的一則發文：

每天都有驚喜！

場次	30	時間	**日**	場景	**慶芬辦公室**
人物	**慶芬、女同事（Sunny，30 歲左右），其他環境人物**				

△ 辦公桌前的慶芬看著筆電上 Rebecca 的發文……

△ 這時，隔壁的女同事 Sunny 問道……

Sunny：慶芬姐你團購單填好沒？

△ 慶芬回神……

慶芬：喔對喔！拍謝拍謝，再等我一下。

△ 慶芬趕緊切換了筆電螢幕，邊按著購物單，邊說道……

慶芬：Sunny，你覺得擁有一千八百萬，又每天都有驚喜的生活，長什麼樣子啊？

△ Sunny 思索著……

Sunny：一千八百萬喔……一定要先拿一半去投資啦，錢滾錢嘛，然後……想買什麼就買什麼！

△ 慶芬笑了……

慶芬：想買什麼就買什麼……真好。

△ 慶芬一番思索後，在購物單上幫自己勾選了一支電捲棒……

（編按：訂購單上的電捲棒，配合一個捲髮造型的圖片）

場次	31	時間	日	場景	瑞之老家 - 廚房內外
人物	慶芬、何媽、瑞之、Rebecca				

△當年……

△瑞之老家在北投山區的一處社區大樓裡。

△廚房滿大的，此刻慶芬正幫著何媽料理，何媽的腿還打著石膏，兩人有說有笑的背影……

慶芬：何媽我蔥花切這樣可以嗎？

△何媽瞄了一眼就笑了……

△慶芬一臉擔心……

慶芬：不及格喔？

何媽：還滿整齊的，就是……胖了點。

慶芬：那怎麼辦？

何媽：沒事，反正味道都一樣。

△瑞之出現在廚房門口，插了話……

瑞之：媽，我送 Rebecca 去車站喔。

△慶芬聞言看來，何媽卻頭也沒回——

何媽：要吃飯了還要讓人家簡小姐等？

瑞之：我半小時就回來。

△ Rebecca 也出現了，說道……

Rebecca：何媽那我走了。

慶芬：Rebecca 不一起吃嗎？

△ Rebecca 正要說話，何媽先開了口，沒好氣的——

何媽：去看她哥。

△ Rebecca 靦腆的擠了擠嘴角跟慶芬示意後說道——

Rebecca：掰掰。

△ Rebecca 正要轉身，就聽見何媽的嘟囔……

何媽：要走也不早點走，非要拖到吃飯時間，多大了還這麼不懂事。

△慶芬超尷尬……

△ Rebecca 也是，瑞之刻意搭上 Rebecca 的肩安撫的捏了捏，並把她往外帶，同時對慶芬說……

瑞之：慶芬等我一下喔。

慶芬：喔……沒問題。

△ 大門的開啟聲傳來，慶芬按捺不住的低聲問著……

慶芬：Rebecca 哥哥怎麼啦？

何媽：唉！不正常的家庭養出來的小孩怎麼可能會正常 ?!

△ 這時關門聲傳來，慶芬這才驚覺 Rebecca 可能聽見了，尷尬著……

△ 何媽也是，只是話已出口，收不回了……

場次	32	時間	**日**	場景	**住宅區附近的停車格，或住宅區停車場**
人物	**瑞之、慶芬**				

△ 副駕的慶芬又被迫聽著瑞之講手機……

瑞之：到啦？……那不許吵架也不許哭喔……好啦你看搭幾點的車回來再跟我說。欸欸，別忘了我媽喜歡吃的那家太陽餅……嗯，掰。

△ 瑞之收起手機……

瑞之：不好意思。

慶芬：不會啦。……你……是不是……好像有點辛苦喔？

瑞之：（沒聽懂）嗯？

慶芬：好像何媽媽跟 Rebecca（語帶保留的笑笑）……

△ 瑞之懂了，苦笑……

瑞之：兩個我最愛的人偏偏不對盤。

慶芬：感覺 Rebecca 還好啊。

瑞之：嗯，還好她這方面呆呆的，要不然有時候我媽真的……唉。不過也是因為 Rebecca 呆，她好像就……就是不太會……怎麼說呢？

慶芬：跟長輩相處？

瑞之：（笑笑）……你們這一點倒是很不一樣？

慶芬：我大她兩歲耶。

瑞之：所以兩年之前你也一樣呆？

慶芬：（思索）嗯……至少我應該不會忘記何媽媽不吃魚。

△瑞之笑了……

瑞之：對啊……為什麼……怎麼會……唉。

慶芬：你想過……如果你們要結婚……怎麼辦？

△瑞之無奈笑笑，開著車、下意識的喃喃著……

瑞之：（喃喃）……對啊，怎麼辦……怎、麼、辦……

△慶芬隱隱的、有一絲絲的、無法察覺的喜悅……

△下一場朋友的興奮聲音先in……

朋友A（畫外音）：搶過來啊！

場次	33	時間	日	場景	**咖啡廳**
人物	**慶芬、女性朋友三人**				

△兩個女性朋友興奮的慫恿著慶芬……

△慶芬笑著、應著……

慶芬：不要鬧了啦！

朋友B：對啊！你們怎麼這樣啦！人家都有女朋友了！

朋友C：又沒結婚！

朋友A：而且他女朋友聽起來又很不OK。

△正義感十足的朋友B嗆聲道——

朋友B：如果是你男朋友咧？

△朋友A、C都尷尬了一拍……

朋友A：唷喲，你真的很不團結耶！

慶芬：放心啦，我搶不過來的，因為人家很愛很愛他女朋友……

△慶芬笑得有點遺憾……

場次	34	時間	日	場景	辦公室
人物	Rebecca、慶芬、瑞之、其他同事				

△瑞之揚聲說道——

瑞之：那個大家，我們業務部的新同事簡慶芬今天生日，一起來生日快樂吧。

△慶芬笑著，端著一個大的紅葉蛋糕，同事陸續聚過來……

瑞之：Rebecca好像也是今天？

△仍在忙碌、沒有移動的Rebecca抬起頭看去……

瑞之：你是今天生日對吧？

△Rebecca懂了是瑞之安排的巧思，一下子臉紅了……

瑞之：一起來吧。

場次	35	時間	日	場景	辦公室露台
人物	Rebecca、慶芬				

△Rebecca在露台愜意的吃著蛋糕，慶芬端著蛋糕也走了出來，善意笑著……

△Rebecca也尷尬笑笑……

慶芬：你也喜歡來這裡放鬆一下？

△Rebecca只是笑笑……

△慶芬在Rebecca旁邊的位子坐下……

慶芬：蛋糕是組長買的，他說你喜歡吃紅葉。

△Rebecca依舊只是笑笑，她當然知道……

△慶芬有點尷尬，於是只好找了藉口……

慶芬：好矖喔，我先回去了。

△慶芬正要離去，Rebecca終於說話了……

Rebecca：生日快樂。

△慶芬看去，笑了——

慶芬：生日快樂。

△ Rebecca 又是笑笑，然後望向天空……

△ 慶芬實在找不到話題，離去了……

場次	36	時間	**夜**	場景	**住宅區垃圾回收**
人物	**慶芬**				

△ 紅葉蛋糕的保麗龍大盒子被扔進垃圾桶……

△ 慶芬又把手上的回收垃圾分類丟入，轉身往回家的路走去……

場次	37	時間	**夜**	場景	**慶芬家 - 客廳**
人物	**慶芬、瑞之、布布**				

△ 倒完垃圾的慶芬歸來，瑞之和布布在客廳裡打電動……

△ 她牢牢的反鎖了大門、上了鐵鍊後，問著——

慶芬：衣服不會還在洗衣機裡吧？

瑞之：馬上馬上。

慶芬：馬你的頭啦。

布布：吼～～馬麻講髒話。

△ 慶芬要往後陽台走去，看到餐桌上剛吃完壽喜燒的鍋碗，嘆口氣，開始收拾……

△ 客廳裡瑞之嚷著……

瑞之：你放著啦，我等下弄……（慘叫）啊～～

△ 遊戲結束……

瑞之：明天再復仇！交給你收喔，不然我又要被唸。

布布：好啦。

△ 瑞之把搖桿交給布布，趕緊奔向慶芬，見慶芬已在收拾餐桌說道……

瑞之：那何瑞之去曬衣服！

△ 瑞之以軍人小跑狀的往後陽台去……

慶芬：要頒獎盃給你嗎？

瑞之：不需要啦！我的榮幸！

△ 瑞之到了陽台口又想到，駐足……

瑞之：啊！鎖大門！

慶芬：鎖了啦。

瑞之：果然簡慶芬。

△ 慶芬冷哼了一聲端著碗盤往廚房走去——

慶芬：可不可以跟你媽把鑰匙要回來啊？超沒安全感的，我懷疑我們去上班以後你媽都會跑來檢查！

△ 夫妻倆一個陽台、一個廚房的揚高聲音對話……

瑞之：她沒那麼無聊！她就只是擔心萬一有什麼事比較方便嘛。我也留一把老家的啊。

慶芬：（低聲嘟囔）根本就是覺得這房子是她的……

瑞之：蛤？

慶芬：就叫你吃完鍋子要先泡水，壽喜燒的鍋底那麼難刷，給你刷！

瑞之：太好了，我最愛刷鍋子了。

△ 慶芬嗤之以鼻……

場次	**38**	時間	**夜**	場景	**慶芬家 - 布布房**
人物	**慶芬、布布**				

△ 布布已經睡了。

△ 慶芬在書桌前檢查完布布的作業、簽好了聯絡簿，收拾著，發現了布布鉛筆盒裡的轉印貼紙……

△ 她找了一片，在自己的左手虎口轉印著……

慶芬 OS：擁有一千八百萬、每天都還有驚喜的生活，到底是什麼樣子啊？

場次	39	時間	**夜**	場景	**慶芬家 - 主臥室**
人物	**慶芬、瑞之**				

△慶芬躺在床上看著左手虎口上的卡通圖案

慶芬 OS：在結束又一個日復一日之前，我突然有點不甘心……

△好一會兒慶芬放下了手，想了一下……

△她突然翻身坐起推了已經睡著的瑞之一把……

瑞之：（迷糊）什……麼？

慶芬：喜歡紅葉蛋糕的不是我，是 Rebecca。

△慶芬再次睡下，翻身背對瑞之……

△瑞之卻清醒了，一會兒之後開了口……

瑞之：你是日子過得太舒服了想沒事找事是不是？

慶芬：憋了十二年，現在終於比較舒服了。

△慶芬安適的準備入睡……

△而瑞之卻緩緩的睜開了眼，想起了今晚的巧遇……

△瑞之講手機的聲音先 in……

瑞之（畫外音）：那你要豚骨還是醬油？

場次	40	時間	**夜**	場景	**拉麵店外街道**
人物	**瑞之、Rebecca**				

△車上的瑞之拉起手煞車，對著手機說道——

瑞之：還要什麼？……炸雞、煎餃，知道了。

△瑞之切斷了電話，按了臨停燈正要下車，卻一頓，他不敢置信的看著擋風玻璃外——

△不遠處，出現了個很熟悉的身影……

△瑞之仔細看去……

△仍然很漂亮、一身光鮮亮麗的 Rebecca 正邊結束手機對話、收起手機、邊走來，她停在拉麵店外，看著放在拉麵店外的 menu……

△瑞之很訝異，掙扎著該不該走去……

△他終於下了車，走向拉麵店，快接近 Rebecca 時，卻又停下腳步，他想了想，掉了頭往自己的車子走去，拿起手機撥了出去……

瑞之：我們改吃壽喜燒好不好？

△瑞之邊說、邊上了自己的車子……

待續……

Rebecca是怎麼產生的？

在說她之前，我想先分享一個我的心得：每一個角色都是創作者的某一個部分！

我的邏輯是這樣的，我認為每一個人的性格成分都是相同的組合：善良、邪惡、傻氣、貪小便宜、投機、笨拙、暴戾、溫柔………每個人都有這些，只是比例的不同、使用的時機不同。

所以寫Rebecca的時候，我是拿出我比較笨拙、不被大家喜歡的那些部分來書寫她12年前不夠圓融的那些。

我很喜歡現在年輕人很有自己的樣子，但我也很瞭解有些樣子是很容易嚇到生性保守的長輩。譬如年輕時候我的髮型、穿著永遠被我母親擔憂，但她是我母親，所以不會討厭我，不過她替我擔心，別人（男友）的媽媽會怎麼看我？

而我們都沒察覺的是：那些掩飾在濃妝下、誇張的服裝下的，往往是脆弱的、不自信的心，在虛張聲勢而已。

我那時候太自卑了，我一直不知道自己想去哪裡（沒找到人生方向），所以我對於自己的存在很惶恐，於是我總是把自己弄成一個穿著鬆鬆垮垮的衣服、頭髮剪得爆短的小男孩樣來假裝自己「蠻不在乎」——我那個年代還不流行前衛、個性，大家統稱這種不夠「隨和」的裝扮的小孩為「壞小孩」。

我們難免以貌取人！我想藉這個角色來反省自己「以貌取人後產生的謬誤」——為什麼我們總是在還沒有瞭解一個人的時候，就以成見拒人於千里之外？為什麼我們總是偏愛那些討好我們的、取悅我們的？

所以不善討好的Rebecca是部門裡最忙所以最容易犯錯的；她恨透

了搬家終於在男友家找到家的感覺，卻得不到長輩的喜歡；她不喜歡那些虛偽的語言，結果變成了很難相處、不夠隨和的邊緣人。

12 年後，在工作裡找到自信的她，終於褪去了有如面具一般的濃妝，但卻忙到只能用消費來宣洩自己的寂寞。

因為我懂，所以才能寫到讓觀者「感同身受」——我要說的是，所有的編劇都必須懂得你的角色！

LE MARAIS

第二集

場次	1	時間	**夜**	場景	**拉麵店外 連 街道**
人物	**瑞之、Rebecca**				

△電子 menu 被虎口刺著花朵刺青的手滑著，因此一頁頁的出現了店內販賣的菜單，接著出現了首頁，但很快就被滑走了，不過停頓片刻，首頁又被滑了回來……

（編按：首頁有店名「薛丁格的貓」，以及命名原因）

△是 Rebecca，她正在拉麵店門口看著電子 menu，此刻她喃喃在嘴邊唸著店名下的解說……

Rebecca：薛丁格的貓是一個有關量子力學的實驗，這個實驗導致了許多至今無解的辯證以及耐人尋味的假說，其中最顛覆我們認知的一個假說……是關於平行宇宙的……

△Rebecca 思忖、玩味著……

△同時，在 Rebecca 的身後，我們看到瑞之走了過來，在不遠處，瑞之停下了腳步，掙扎著是否要往前，最後，瑞之掉頭離去……

△而 Rebecca 拿出了手機，拍下了讓她玩味的那兩行字…

△特寫：

潛意識早就幫我們決定了答案
決定了我們現在存在的這個宇宙

於是，現在你來到了

薛丁格的貓

（編按：陰影文字掃過不入鏡）

△ 音樂起⋯⋯

場次	2	時間		場景	**特效畫面**

△ 音樂中

△ 是時間軸倒轉的意象，快速的倒轉了 Rebecca 忙碌的一天，來到了這一天的開始——

△ 在手機躺在床單上的畫面，音樂停、倒轉停止⋯⋯

△ 下一場手機鬧鐘先 in⋯⋯

場次	3	時間	**日**	場景	**Rebecca 家-臥室**
人物	Rebecca、**語音（四維／25 歲左右的年輕女孩）**				

△ 剛醒來的 Rebecca 穿著睡衣（細肩帶背心、內褲），頂著一頭亂髮，側身坐在床上檢查著手機訊息⋯⋯

△ 我們與 Rebecca 一起聽著一則語音留言，彼端的語氣憂鬱而歉然⋯⋯

語音：怡靜姐⋯⋯如果我現在退出「日子節」你找得到接手的人嗎？

△ Rebecca 聞言呻吟著⋯⋯

Rebecca：拜託不要⋯⋯

△ Rebecca 沮喪的扔下手機，抓了抓自己的亂髮⋯⋯

△ 語音繼續，鏡頭帶我們看見了房間呈現的一種「忙碌的生活痕跡」⋯⋯

語音：對不起，這真的不是我想要的生活⋯⋯

Rebecca：（苦笑）那你想要什麼呢？

語音：昨天晚上我男朋友跟我大吵一架⋯⋯他說要跟我分手⋯⋯

△ 這時門鈴響了——（彼端繼續：對不起啦，晚點我會把目前設計師的聯絡進度、還有場布圖跟估價彙整給你⋯⋯）

場次	4	時間	日	場景	Rebecca 家 - 入口門的內、外
人物	Rebecca、房東先生				

△ 門鈴持續……

△ 拴上鐵鍊的門開了——門縫裡，出現了笑得滿討人厭的房東先生……

房東：還沒起床喔？

△ 隨便披了一件外套的 Rebecca 不耐煩的應著……

Rebecca：什麼事？

房東：這麼好命 ?!

Rebecca：到底什麼事啦？

房東：沒有啦！我是要跟你講說，九月我這裡就不能租你了喔。

△ Rebecca傻眼……

Rebecca：不是才剛續約 ?!

房東：沒有啦，就我那個小的啊，女朋友大肚子了說要結婚啦，阿我們樓下住我跟我老婆跟我女兒跟這個小的就已經天天搶廁所了——（被打斷）

Rebecca：（不悅）房東先生！上個月我說要出錢重新鋪地板跟粉刷牆壁的時候你怎麼不說你家搶廁所了 ?!

房東：（漸淡出）啊我怎麼知道他女朋友交三個月肚子就大起來 ?! 我也不想這麼早做阿公啊！

△ 電腦打字聲疊上房東的嘮叨……

場次	5	時間		場景	特效畫面

△ 社群發文格式，是「Rebecca · 張」

△ 一行文字已經出現：

每天都有狀況

△ 游標在「況」字後面閃爍了兩下，再次往前刪除了「況」、「狀」，重新補充了：

驚喜

△ 游標按下發布——

△ 片頭音樂起——

場次	**片頭**	時間		場景	

△ 片頭——

△ 片頭結束後，下一場電梯抵達的聲音先 in……

場次	6	時間	**日**	場景	**影展工作室的電梯內、外**
人物	Rebecca				

△ 電梯門開後，打扮得光鮮亮麗的 Rebecca 走出了電梯，她正在講手機……

Rebecca：他這樣算違約吧？

彼端：合約有沒有公證？

Rebecca：（懊惱）都租十幾年了……

彼端：（冷笑）欸！幾歲了你？那些包租公包租婆誰跟你談感情啊？

Rebecca：（自嘲苦笑）對啊，馬上就老了還這麼不懂事……

△ Rebecca 出鏡……

△ 下一場生日快樂歌揚起（編按：留意歌曲版權，可使用黃梅調版）……

場次	7	時間	**日**	場景	**影展工作室**
人物	Rebecca、Tommy（**陰柔、40 餘歲**）、**其他影展工作人員（約 6 名文青型）**				

△歌聲中，Rebecca 是剛進門的樣子，她一臉詫異的站在一個超大的紅葉生日蛋糕（插著「？」的蠟燭）前……

△倍感意外的 Rebecca 終於笑出，但，那是那種「來這套」的笑……

△影展總監 Tommy，親手捧著蛋糕，來到 Rebecca 的面前……

Tommy：紅葉對吧？是不是很貼心？

Rebecca：我生日早就過了！

Tommy：不管不管！反正這整個月都是 Rebecca 月！Rebecca ～～你一定要幫我～～

△Rebecca 無奈嘆息狀……

Rebecca：「日子節」那邊我都快……而且剛剛我助理才跟我……你後來不是找素蕙了嗎？

△Tommy 一臉「別說了」，只下了結論——

Tommy：所以我才說不要隨便結婚嘛！

△下一場 Rebecca 的聲音先 in……

Rebecca（畫外音）：外遇？

場次	8	時間	**日**	場景	**影展工作室**
人物	Rebecca、Tommy／**其他影展工作人員**				

△總監辦公室裡，Rebecca 和 Tommy 坐在辦公桌的對面，吃著蛋糕，Rebecca 詫異的問著……

Tommy：好像是沒有，可是她老公就堅持要離，說什麼「要對自己的未來負責，怕以後來不及」。什麼東西啦 ?!

△Tommy 湊近 Rebecca，低聲說道……

Tommy：其實我一直覺得素蕙老公是 gay！

Rebecca：你誰都想掰彎！

△ Tommy 露出一個「走著瞧」的表情，接著說……

Tommy：反正啦！一個人只要處理「孤單」這一題就好，兩個人就會生出一堆煩惱！還是你最聰明，多好！無憂無慮又沒有牽絆！（誘惑）而且，忙一點才不會寂寞啊！

△ Rebecca 苦笑，但懶得解釋寂寞、忙碌，只好說道……

Rebecca：我很貴！

△ Tommy 聞言欣喜若狂，立刻衝到門邊打開了門，朝外尖聲嚷著——

Tommy：Rebecca OK 了！

Rebecca：（抗議）我沒有！

△ 但 Rebecca 的抗議卻被外面頓時響起一陣歡呼掌聲淹沒了……

△ 下一場手機訊息提示音一連串的響起——

場次	9	時間	**日**	場景	Co-working space - **入口到** Rebecca **的工作區**
人物	Rebecca、**環境人物、向立**				

△ 手機螢幕彈出一則訊息：

好好影展群

永欣

@Rebecca 參展影片的連結已經寄到你信箱囉

（好開心你的加入，終於有機會多跟你學習！）

△ 又彈出一個訊息：

好好影展群

瑜倩

@Rebecca 平面設計師想約下週開會，你哪時方便？

△ 又彈出一個訊息：

好好影展群

乖乖

@Rebecca 進度流程表寄到你信箱囉

△ Rebecca 邊看著手機邊大步走進了 Co-working space……

△ 她一路往自己租用的工作區走來，是一個單獨的隔間，堆滿了經歷過的工作，有兩張桌子…………

△ Rebecca 看著助理空著的座位，暗暗嘆了口氣（竟然當天辭職就當天走人），她剛坐進自己的辦公椅，手機的提示音又響，她拿起手機看著、開始回覆著……

△ 這時門口傳來了向立的聲音……

向立：今天幹嘛這麼漂亮？

△ 剛影印完的向立經過 Rebecca 的區塊時扔了這麼一句……

△ Rebecca 也邊回覆訊息邊扔回一句……

Rebecca：驚喜越多我越漂亮！

△ 向立沒有停留，已經經過……

△ Rebecca 放下了手機，看了看助理的位子，又再次拿起手機，輸入了：

要不要跟我聊一聊？

（工作、感情都可以）

△ Rebecca 送出後，放下手機、拿起自己的杯子，往茶水間走去……

編按：Co-working space，是一種分租型態的辦公場域，通常都已經裝潢得宜，具備辦公家具，也有分享共用的茶水區、事務區，可參考：http://www.kingspace.com.tw/zh-TW/home/about_us

場次	10	時間	日	場景	Co-working space - 入口到 Rebecca 的工作區
人物	Rebecca、秦姐（五十左右）、環境人物				

△ Rebecca 正在煮咖啡……

△ 這時租用另一間辦公室的秦姐走來，也來泡茶……

秦姐：嗨 Rebecca。

Rebecca：嗨秦姐。

秦姐：最近忙什麼啊？

Rebecca：在弄「日子節」，剛剛還答應幫一個朋友弄的影展做行銷。

秦姐：這麼忙？

△ Rebecca 苦笑……

Rebecca：每天都弄到這裡熄燈，回家再繼續。

秦姐：欸，這麼累又沒有保障的，要不要來幫我做 Full time？

Rebecca：我？

△ Rebecca 笑了……

Rebecca：我好不容易才自由了！

秦姐：妹妹啊，到現在你還沒發現自由業一點都不自由嗎？

Rebecca：至少……我有權利拒絕我不愛的案子啊。

秦姐：那是現在，等你五十呢？別人都上來了以後呢？

Rebecca：五十我差不多該退休了吧？

△ 秦姐笑了，笑 Rebecca 的天真……

秦姐：你想過一個問題嗎？到底要多少錢才供得起你五十歲到八十歲的生活？

△ Rebecca 一愣，從來沒想過這個問題……

秦姐：如果要過得無後顧之憂一點，至少兩千萬。還不能生大病喔。

Rebecca：（不太信）真的假的？我又沒有小孩什麼的……

秦姐：所以你也沒有人可以指望啊，但是你又有「品味」。

△ 秦姐指著 Rebecca 的身上……

秦姐：兩千萬，五十歲前存得到嗎？

△ Rebecca 真的有點意外，秦姐笑了笑……

秦姐：想一下我的提議啦。四十歲沒權利做「我喜歡」的事了，要做「賺錢」的事！

△ 秦姐離去……

△ 端著咖啡的 Rebecca，真的被這個問題嚇到了……

場次	11	時間	**夜**	場景	**Co-working space - Rebecca 辦公區**
人物	**Rebecca、場管人員、環境人物**				

△特寫：廢紙頭上寫了一些數字，是 Rebecca 的計算：

房租 30,000　生活費 ~~40,000~~ 30,000-

75－50＝25年　25×12＝300月　300月×60,000-＝18,000,000

△廢紙頭放在 Rebecca 的筆電旁……

△同時，Rebecca 正在講手機……

Rebecca：那你立面圖什麼時候會出來？……等我一下……

△Rebecca 聽著手機趕緊走到助理的桌子找著資料……此刻已入夜，陸續有下班的人經過了 Rebecca 的辦公區……

Rebecca：喔有，我看到了。……好，那我研究一下再跟你說。

△Rebecca 切斷手機，看著找到的資料……這時一個場管人員，走到 Rebecca 的區塊，探頭說著……

場管人員：不好意思 Rebecca——

△Rebecca 看去——

場管人員：管理室要我提醒你，他們還沒收到你這個月的租金喔。

Rebecca：四維還沒繳？……我馬上匯。

場管人員：謝囉。

△Rebecca 回到自己的座位、在電腦前操作著——

△這時手機響了，她按了擴音——

Rebecca：喂？

彼端：張小姐，我 A4 的露露啦，那件洋裝跟褲子都幫你調到囉……

△Rebecca 一頓……

Rebecca：（尷尬）喔……

△Rebecca 聽著手機，遲疑了，她看了看一旁寫著驚人數字的廢紙頭，

又看向電腦螢幕……

△ 電腦螢幕上顯示著：

餘額

623,453 元……

△ 彼端的聲音繼續……

彼端：你什麼時候有空過來？

△ Rebecca 盯著螢幕上的餘額為難的說……

Rebecca：露露不好意思，我想了一下，那件洋裝跟褲子好像其實有差不多的款式耶……

彼端：蛤～～可是那件洋裝全台灣只剩最後一件，而且剛好是你的尺寸……

Rebecca：……不好意思啦，下次再去找你。

彼端：好啦好啦，那你先忙。

Rebecca：謝啦。

△ Rebecca 切斷了電話，有點遺憾，她拿起那張廢紙看了看，鼓舞了一下自己……

Rebecca：為了五十歲的以後。

△ Rebecca 揉掉了紙頭，扔進垃圾桶，她看了看手機上的時間……

△ 接著拿起錢包、手機起身，往向立的工作區塊走去……

場次	12	時間	**夜**	場景	Co-working space - **向立辦公區**
人物	Rebecca、**向立的同事** A、B				

△ Rebecca 走來，發現向立這個區塊只剩另外兩個同事……

Rebecca：小于下班囉？

同事 A：（酸）人家今天有約會～～！

△ Rebecca 笑了，鼓舞著兩個吃味的社畜男孩……

Rebecca：不要只嫉妒，關上電腦，迎向人生！

同事 A：賀！忙完這個案子我就關上電腦！

Rebecca；（笑）要不要吃飯？

△ 同事 B 轉過身，正吃著滿口的小七便當……

△ 同事 A 也遺憾的說…

同事 A：早知道剛剛就忍一下了……

△ Rebecca 笑笑，離去……

Rebecca（畫外音）：那我要去吃今天的第一餐囉。

同事 A：Rebecca 就是老了點，不然真的很值得追。

同事 B：加一。

場次	13	時間	**夜**	場景	**街道連拉麵店（同第一場較遠處）**
人物	**Rebecca、瑞之、彼端女聲（四維）**				

△ Rebecca 走出大樓手機就響了，她看了看來電，露出一個終於打來了的神情，接了起來，平心靜氣的說道……

Rebecca：還好嗎？

彼端：（歉然）你罵我啦……

Rebecca：我哪有資格罵你？我可是剝削你的甲方耶。

彼端：唉喲你不要這樣講啦，你真的是我遇過最好的老闆……

Rebecca：（笑了）所以不是因為我的剝削讓你想辭職，是因為你男朋友囉？

彼端：就……上次連假本來我們說好要去宜蘭，結果要辦活動他就很不爽了，然後最近我又每天都在加班，他說我們的互動比室友還不如……

△ Rebecca 邊聽著手機，邊張望著四下有什麼可吃的……

△ 她發現遠處有一個「拉麵」的招牌……

△ Rebecca 朝那裡走去……

Rebecca：所以你也覺得只要離開這個錢少事多的工作，你跟他之間就沒有問題了？

彼端：……你找的到接手的人嗎？

Rebecca：不用擔心我啦，倒是你要好好想想，你想要什麼樣的未來？

彼端：其實他也講了一樣的話，他說……你以後想變成 Rebecca 嗎？

△ Rebecca 一愣……

△ 前方不遠處，瑞之車子，正在拉麵店門口停下……

場次	14	時間	夜	場景	街道連拉麵店（同第一場較遠處）
人物	Rebecca、瑞之				

△ 續本集第 1 場……

△ 特寫 Rebecca 手機，拍下的電子 menu 上的字…

潛意識早就幫我們決定了答案

決定了我們存在的這個宇宙

△ Rebecca 玩味的看著那兩行字，然後她忽然感覺到一個異樣的感覺，她回頭看去，瑞之的車子剛好駛離……

場次	15	時間	夜	場景	拉麵店
人物	Rebecca、服務員（女）、環境人物				

△ Rebecca 坐在一個雙人座位看著 menu，服務員走來……

服務員：不好意思您兩位嗎？

Rebecca：一位。

服務員：一位的話要坐吧檯喔。

Rebecca：我很餓會吃很多，絕對超過兩人份。

服務員：不好意思公司有規定喔。

△ Rebecca 有點煩了……

Rebecca：這個規定是在歧視單身吧？

服務員：（喏喏）……不好意思……公司有規定……

△ Rebecca 暗暗嘆口氣，看著那個「盡責」的服務員……

Rebecca：你單身嗎？

△ 服務員一愣……

服務員：……嗯。

Rebecca：（嘆口氣）那我就不為難你了。

△ Rebecca 拿起自己的錢包和手機，走了出去……

場次	16	時間	**夜**	場景	**拉麵店外街道**
人物	Rebecca				

△ Rebecca 走出了拉麵店，一路走著，但突然間，她的靈魂彷彿脫離了自己的身體，竟朝著拉麵店走去，而她的軀體還繼續往前背道走著……

場次	17	時間	**夜**	場景	**拉麵店＋特效**
人物	Rebecca、**服務員**、**環境人物**				

△ 一個暗影停在服務員的面前，服務員看去——

△ 是 Rebecca，她不慍不火的對服務員說……

Rebecca：我想跟你說我沒有生氣，但是我可以跟你分享一個感覺嗎？

△ 以下，影像與特效結合，同步疊上 PO 文的文字輸入感，不斷的彈出文字壓在影像上，內容是以下 Rebecca 的話——

Rebecca：有一次我在東京的一間高檔火鍋店遇到一個女人，看起來她剛結束了忙碌的一整天，一個人獨占了一大張桌子，點了滿桌上好食材配著清酒優雅的吃著自己的晚餐，我當下就在想，對啊！為什麼我總是要委屈自己和別人併桌？或是躲在餐廳角落用最快的速度塞飽肚子？（繼續）

△ 文字逐漸布滿畫面——

場次	18	時間	**夜**	場景	**便利超商＋特效**
人物	Rebecca				

Rebecca OS：到底為什麼我要為了自己只是「一個人」而覺得自卑、覺得抱歉啊？我這麼努力、我單槍匹馬、連一個問我今天好不好的人

都沒有。我又不投機又不取巧、靠自己的實力忙到沒有朋友、今天只喝了兩杯咖啡和一塊蛋糕、待會還要回去繼續加班，所以我當然有權利和資格，跟自己舒舒服服的吃一頓晚飯來給自己打打氣吧 ?!

△ 被文字布滿的畫面，稍稍停頓後，被游標全選，然後刪除了，露出了此刻的影像……

△ Rebecca 正在便利超商臨窗的用餐區，吃著許多關東煮……她看著窗外，吃了一口後，想了一拍後下了一個決定——

△ 搭上下一場刷卡機出單的音效……

場次	19	時間	**夜**	場景	**某專櫃櫃檯**
人物	Rebecca				

△ 特寫，簽帳單上簽下了「張怡靜」，金額是接近 48,000 元……

場次	20	時間	**夜**	場景	Rebecca **家 - 臥室**
人物	Rebecca				

△ Rebecca 把大購物袋中新買的洋裝和褲子以及更多，一一掛進衣櫥……

△ Rebecca 看著自己爆滿的衣櫥，那些衣物也看著 Rebecca……

△ 突然一聲巨響——衣櫥的吊衣橫桿，因過重的衣物整個垮倒而下……

場次	21	時間	**日**	場景	**紀錄片情節 - 某高級精品店前**
人物	**巨星** Una**、保鏢數名、粉絲群、記者一群**				

△ 巨星 Una 走出了精品店，頓時揚起了興奮的尖叫聲，是兩旁的粉絲……

△ Una 一名保鏢提著大大小小的購物袋跟在她的身後

△ 人群裡不斷有記者以日文發問：

Una 小姐這次來台灣是拍片嗎？

Una 小姐有沒有去吃美食？

△ Una 什麼也沒回答，在維持秩序的保鏢的護衛下上了保母車⋯⋯

△ 一個記者以日文問著——

記者：（日文）Una 小姐買了什麼特別的東西嗎？

△ 上車前的 Una 駐足，以日文回道——

Una：（日文）沒什麼，一堆寂寞而已。

△ 整段影像右上方，加上類似浮水印的文字「好好影展 - Rebecca」

場次	22	時間	**夜**	場景	**Rebecca 家 - 客廳、臥室**
人物	Rebecca				

△ 茶几前的 Rebecca 看著筆電上的影片，怔然了⋯⋯然後她笑了，是當頭棒喝的、驚覺的⋯⋯

Rebecca：⋯⋯一堆寂寞⋯⋯

△ Rebecca 抬起頭環視四下⋯⋯

△ 滿有品味布置的客廳，也是一片忙碌的凌亂⋯⋯

△ Rebecca 感觸著⋯⋯

△ 回憶裡的一些聲音傳來，是爬山的喘息聲、防寒衣的摩擦聲⋯⋯

場次	23	時間	**日**	場景	**山中步道（瑞之老家後山）**
人物	Rebecca、**瑞之**				

△ 下著雨的山路上⋯⋯

△ 主觀視角：

△ 瑞之在身旁走著，鏡頭是 Rebecca 的主觀，所以有瑞之的肩膀、鞋子，但看不清楚瑞之的臉，重點是：一種「有人走在身旁」的感覺⋯⋯

瑞之：這裡滑喔⋯⋯

△ 主觀正要抬頭看去，立刻跳下一場——

場次	24	時間	**夜**	場景	**餐廳內**
人物	Rebecca、**向立、環境人物**				

△ 上一場快速的剪接，接到這裡餐廳門正好開，有客人走了進來——

△ 正要出去、在講著手機的 Rebecca，讓了開來，同時對手機說道……

Rebecca：他們想做一篇 Una 的專訪……

場次	25	時間	**夜**	場景	**餐廳內**
人物	Rebecca、**向立、環境人物**				

△ 夜晚的餐廳外，Rebecca 站在那裡、繼續講著手機……

Rebecca：視訊或電訪都 OK……唉喲你跟她經紀人喬喬看啦，我是覺得對影展的聲量滿有幫助的……

△ 向立拿著 menu 從餐廳裡跑出來對 Rebecca 說……

向立：欸用餐只有兩小時，那我先亂點喔？

△ Rebecca 邊應著電話，邊點頭同意……

△ 向立又跑了進去，但忽然又湊近、故意很大聲的說道——

向立：不要在人家吃飯的時候打電話來講公事啦！

△ Rebecca 立刻瞪了他一眼——

場次	26	時間	**夜**	場景	**餐廳**
人物	Rebecca、**向立、環境人物**				

△ 向立和 Rebecca 吃著晚餐……

Rebecca：就算一個月只花三萬塊也要一千萬！……我又沒有房子、沒老公的，回去當人家的員工至少可以省下 working space 的租金，還有退休金可以領，也不用什麼熱愛工作搞得隨時都待命，對吧？

向立：怎麼會對？……如果你買了房子，頭期就把你的存款花光了，還要繳個三十年的貸款，如果找個老公，兩個人就要兩千萬；去當別人的員工退休金能有多少？兩百？三百？算五百好了，你還是要再存個五百萬啊，那還是最好的狀況，說不定公司有什麼狀況你領不到退休金就把你 fire 了！

△ Rebecca 一愣——

Rebecca：被你講得人生好沒意義喔。

向立：不是！我的意思是說「幹嘛想那麼遠啦」?! 辛苦工作，難道就是為了養老嗎？……做你喜歡做的工作、讓每天都過得很開心才是最重要的！

Rebecca：我馬上四十了耶！

向立：還是很漂亮、能力很強、有夢最美啊！不然就七十歲再退休嘛！

△ Rebecca翻個白眼。

Rebecca：算了啦，講了你也不會懂那種「就快老了」的感覺有多恐怖。

△ 向立看著Rebecca，不太屑的笑了笑……

向立：我還以為四十真的就會「不惑」，看起來只是煩惱變成另一種。

Rebecca：那你又在煩惱什麼？

向立：我喔……真的很煩耶，超難追的，放棄算了。

Rebecca：那天不是去約會了嗎？

向立：還不是你叫我 PO 那張照片她才約我吃飯的。

Rebecca：看吧！……聊了什麼？

向立：沒什麼啊，就亂聊……喔，她有問我照片的事。

△ 正吃著食物的 Rebecca 猛的抬頭看著向立——

Rebecca：你跟她說了？

向立：你不是說不能說？……欸到底為什麼不能說？

Rebecca：製造一種錯覺啊！你看我們去買東西的時候，本來有個東西你只是覺得還不錯，你還在考慮的時候如果有人拿起了它，你就會覺得那個東西更不錯了，這時候如果你發現那是最後一個了，你就產生了非要搶到的念頭！人性就是那麼犯賤。所以要保持點神秘、讓人家有那種掌握不住的感覺！手上拿什麼牌全都攤開來給人家看，不輸才怪！

向立：你……好會喔。

Rebecca：我就是「不會」所以才到現在都沒嫁掉。
向立：（不屑）那你這是紙上談兵嘛！
Rebecca：是從敵人那裡學來的慘痛教訓。
向立：真假 ?! 好像很精彩的故事！欸欸說給我學一下啦！
Rebecca：你啊！做你自己就好！
向立：然後到四十歲還孤家寡人？
Rebecca：孤家寡人只要存一千萬！等你有了老婆就要兩千！
向立：……唉，人生真的很沒意義耶。

場次	27	時間	**夜**	場景	Rebecca **家外巷道**
人物	Rebecca**、向立、林先生**				

△ 向立騎著機車載著 Rebecca 送到家，兩人一路上說的話還沒結束……
向立：我覺得你房東可能是想占你便宜喔！不要中計啦，去找公平會！（繼續）
△ 剛停下車，Rebecca 一眼就發現她家門口的對面停著一輛閃著黃燈的高級房車……
向立：還是你跟他說那個房子風水不好，住在那裡會鰥寡孤獨！啊！不然去靠北社團靠一下！說不定記者就來──（被打斷）
Rebecca：你先不要走。
向立：（不懂）啊？
Rebecca：在這裡等我處理一個麻煩。
向立：喔……
Rebecca：熄火。
△ 向立熄了火。Rebecca 脫下安全帽、下了車，把安全帽交給向立，走向了那輛房車……
△ 向立抱著 Rebecca 的安全帽一路目送，不解的看著……
△ Rebecca 上了高級房車……
△ ……………………………………………………………………

△ 駕駛座是一個五十歲左右的男人，外型滿有味道的，左手無名指上戴著婚戒，他對 Rebecca 笑了笑……

林先生：男朋友？

Rebecca：嗯。

△ 林先生笑了笑（知道「不是」）……

林先生：叫他回家吧。

Rebecca：憑什麼？

△ 林先生笑了笑……

林先生：我要上去。

△ Rebecca 有點惱火，卻笑了——

Rebecca：這裡是百貨公司誰都可以上去嗎？

林先生：不是不來看你，前陣子真的——（被打斷）

Rebecca：我知道！

△ Rebecca 看向林先生……

Rebecca：是我的潛意識讓你不要來的。

林先生：（笑）在說什麼？

Rebecca：不是你沒來，是我去了那個沒有你的宇宙。

△ Rebecca 說完就下了車……

△ ……………………………………………………………………

△ Rebecca 看不出情緒的走向向立，丟了一句……

Rebecca：不要問我為什麼跟我上樓。

△ Rebecca 說著就進門了……

△ 向立不解的開始停車……

場次	28	時間	夜	場景	Rebecca 家
人物	Rebecca、向立				

△ 客廳裡只有向立，他打量著 Rebecca 的家……

△ 一會兒 Rebecca 從陽台走了進來……

Rebecca：你可以回家了。

△ 向立有點氣（叫我來我就來，叫我走我就走），走去拿起包包，忍不住回頭問道……

向立：為什麼不可以問「為什麼」？

Rebecca：回家了啦。

向立：至少可以知道他是誰吧？

Rebecca：回、家！

向立：叫我來我就來，叫我走我就——（氣）

△ 向立一轉身，本想要很酷的離去，卻碰到了桌腳，痛、忍……出去了……

△ Rebecca 目送著，疲憊的坐在沙發上思索著……這時傳來手機訊息的提示音，她拿起看著……

△ 特寫手機訊息：

小于（向立）：

你要我發那張照片 tag 你

該不會是為了讓他產生一定要搶到手的錯覺吧？

△ Rebecca 有點煩、懶得解釋，所以任性回覆著……

果然政大畢業

△ Rebecca 很疲憊，在沙發上躺下，不一會兒，又拿起手機操作著……

場次	29	時間		場景	**特效畫面**

△ 游標按下了發布……

△「Rebecca・張」的社群上，發布了一則新發文：

△ 是那張拉麵店門口拍的照片，並輸入了這樣的文字……

＃謝謝潛意識送給我的生日禮物

△已經有了十幾個「讚」……

△游標滑向了「讚」，按讚的名單被點了開來，一路緩緩的滑著……

場次	30	時間	夜	場景	Rebecca 家 - 客廳
人物	Rebecca				

△ Rebecca 看著那些按讚的名字，突然神情愣住！

△鏡頭 Zoom in 著手機螢幕上的按讚名單，當中竟出現了「簡慶芬」……

△ Rebecca 玩味著這個讚……

△下一場回憶裡的電梯抵達聲先 in……

場次	31	時間	日	場景	辦公大樓電梯
人物	慶芬、Rebecca、環境人物				

△上班時間，電梯擁擠……

△門邊的 Rebecca 走出了電梯，後面傳來了擠在電梯較內的慶芬的聲音……

慶芬：不好意思借過。

△慶芬走出了電梯，她跟 Rebecca 又穿了一模一樣的上衣（同第一集第 15 場的衣服）……

△慶芬跟上了 Rebecca，對 Rebecca 笑著說道……

慶芬：怎麼又這麼巧？

△ Rebecca 不知道該說什麼，只是擠出一個笑容……

慶芬：組長有跟你說我們是同月同日生嗎？

△ Rebecca 有點詫異……

場次	32	時間		場景	**特效畫面**

△簡慶芬的社群首頁：

封面／一張俯拍的餐桌，一桌美食、放著三副餐具

頭貼／慶芬摟著兒子幸福的笑著

△格式往下滑動，卻已經到底，彈出一個視窗，有說明文字：

簡慶芬的近況，只分享給好友喔！

立刻加入好友

△游標停在「好友」上……好久……

場次	33	時間	**夜**	場景	Rebecca **家 - 客廳**
人物	Rebecca				

△Rebecca 蓋上了電腦……

場次	34	時間	**日**	場景	Co-working space - **茶水區**
人物	Rebecca、**向立**				

△向立在煮咖啡，Rebecca 端著杯子走了過來，瞄了向立一眼……

Rebecca：嗨。

△向立沒看 Rebecca，很冷淡的回應……

向立：嗨。

△Rebecca 和向立並排，等著咖啡……向立端起咖啡壺，倒著自己的咖啡，Rebecca 伸過自己的杯子示意向立幫她加，向立卻把咖啡壺放回了原位，端起杯子要走——

Rebecca：幹嘛啊？

向立：什麼幹嘛？

Rebecca：你不是也在利用那張照片？

△ 向立一頓後冷冷說道⋯⋯

向立：對啊，我也是。

△ 向立離去了⋯⋯

△ Rebecca 無奈，但懶得理了，就這樣吧⋯⋯

場次	35	時間	**昏**	場景	**辦公大樓外**
人物	Rebecca、**向立、司機**				

△ Rebecca 站在馬路邊看著手機等著 Uber⋯⋯

△ Uber 來了，她正要上車，向立的摩托車卻突然插在 Uber 的屁股，停下——

△ Rebecca 嚇了一跳——

△ 向立推開安全帽的護罩，立刻義氣凜然的說道——

向立：但是我把你當朋友！

△ Rebecca 不明所以的看著向立——

△ 向立繼續氣呼呼的說著擬了好久的台詞——

向立：所以我是光明磊落的利用；你不是！你偷偷的！因為我只是因為你一個人吃飯很難點菜、一個人不知道吃什麼、一個人吃飯很尷尬，所以陪你吃飯的「飯友」而已！以及，那個禮物不是潛意識送給你的，是我送的！不客氣！

△ 向立說完蓋上護罩，準備很帥氣的離去，但車頭卡在 Uber 屁股，需要倒車，還要扭轉車頭，車子偏偏又熄火了，一切都不如預期那樣帥氣的卡住了⋯⋯

△ Rebecca 忍不住想笑⋯⋯

Rebecca：你真以為幾個字就代表故事的全部樣子嗎？

△ 向立沒聽清楚，再次用力打開了面罩——

向立：（氣呼呼）蛤！

△ Rebecca 探頭到 Uber 車內⋯⋯

Rebecca：不好意思我有事不能搭了，我這裡不按取消。

△ Rebecca 關上了車門，看著向立……

Rebecca：到底有什麼好氣的啊 ?!

向立：你知道糊裡糊塗就被利用的感覺是什麼嗎？就好像腦袋被榔頭敲了一樣！

Rebecca：他看不到那張照片！我早就封鎖他了！因為我要跟他分手！

△ 向立一愣，有點歉然，卻又一下子沒台階……

向立：喔……那……所……為什麼要分手？

△ Rebecca 苦笑了笑……

Rebecca：干你什麼事啦 ?!

向立：關心朋友啊！

Rebecca：人家有老婆！

△ 向立很意外……

向立：……哇……我不知道你這麼……壞耶……

△ Rebecca苦笑說道……

Rebecca：對啊，一不小心就壞掉了。

△ Rebecca 瞇著眼睛看向遠方。繼續說道……

Rebecca：你知道「有個人走在你旁邊」的那種感覺嗎？……他會跟你說，這裡滑喔要小心……快到了，再ㄍㄧㄣ一下，或者只要聽到他的呼吸聲……好像就不會那麼累了……好想、好想……有一個人在旁邊，結果就壞掉了……

△ Rebecca 萬般感觸，卻努力笑著……

△ 回憶裡爬山的喘息聲又來了……

瑞之（畫外音）：這裡滑喔。

場次	36	時間	日	場景	山中步道（瑞之老家後山）
人物	Rebecca、瑞之				

△ Rebecca 的主觀視角：

Rebecca：霧好大喔……

瑞之：會怕嗎？

Rebecca：有人在旁邊還好。

瑞之：是有人在你旁邊所以還好？還是……我在你旁邊所以你不怕？

Rebecca：……什麼啦……

瑞之：那我換個問法好了……如果我一直在你旁邊怎麼樣？

△ Rebecca 的主觀（鏡頭）抬頭看去，要看到瑞之的臉的剎那，畫面立刻結束——

場次	37	時間		場景	**特效畫面**

△ 社群搜尋欄中，輸入了：

何瑞之

△ 出現了一些選項，都不是他……

△ 搜尋欄又輸入了：

Eric Ho

△ 出現了一些選項，都不是他……

△ 搜尋欄又輸入了：

瑞之何

△ 下一場回憶瑞之的聲音先 in……

瑞之（畫外音）：欸你明天穿什麼啊？

場次	38	時間	**夜**	場景	**瑞之老家 - 浴室**
人物	Rebecca、**瑞之**				

△ 回憶……

△ Rebecca 正在卸妝……

Rebecca：幹嘛管我穿什麼？

瑞之（畫外音）：沒啦，就那個新來的簡慶芬怕又跟你一模一樣。

Rebecca：最好會那麼衰。

場次	39	時間	**夜**	場景	**瑞之老家 - 瑞之房**
人物	Rebecca、**瑞之**				

△ Rebecca 猛的翻身到瑞之睡的那一邊拿起瑞之的手機，輸入著⋯⋯

瑞之：幹嘛看我手機？

△ Rebecca 輸入完，把手機放回，睡下⋯⋯

△ 手機螢幕上顯示，一則發給「**簡慶芬**」的訊息：

黃色長版襯衫＋牛仔褲

△ 一會兒，Rebecca 又翻身，拿起手機重新輸入：

藍色針織

△ 還沒輸入完，「**簡慶芬**」就回傳了一顆「愛心」⋯⋯

△ Rebecca 玩味著那個愛心⋯⋯

△ 下一場 Rebecca 的驚呼聲先 in⋯⋯

場次	40	時間	**日**	場景	Rebecca **家 - 臥室**
人物	Rebecca				

△ Rebecca 的手被鐵絲劃了一道血痕，剛好在「花朵刺青」上，那可愛的花朵頓時變成是「辣手摧花」的局面⋯⋯

△ 鏡頭跳開後，我們知道她正拿著鐵絲努力把垮掉的衣架粗糙的撐起⋯⋯

△ Rebecca 檢查傷口之際，衣架再次垮掉——

△ 這時 Rebecca 的手機傳來了提示音⋯⋯

△ Rebecca 拿起手機看著

△ 是「四維」傳來的：

怡靜姐，我想過了，我希望我的未來有他。

場次	41	時間	**昏**	場景	**Co-working space - Rebecca 辦公區**
人物	**Rebecca、向立**				

△ 準備下班的向立揹著包包，走到 Rebecca 的門邊靠著、看著……

△ Rebecca 正在講手機的背影……

Rebecca：給付二十年的意思是我只能活到七十歲？……我想五十歲就退休啊……很累啊……就算六十歲退休，那萬一我一不小心活到超過八十歲怎麼辦？……（苦笑）……投資型不是要盈虧自負？所以也可能退休金全賠光？……（嘆氣）人生怎麼這麼難啊……那我要準備什麼資料……

△ Rebecca 邊記錄邊應聲……

Rebecca：嗯……嗯嗯……還要健康檢查？……喔，不過我這個月有點忙耶，下個月吧……好，那你先寄過來，謝啦，掰。

△ Rebecca 掛斷了電話……

向立：So，最新選項是買保險？

△ Rebecca 回頭看了向立一眼……

Rebecca：再想想。

向立：其實買保險不錯啊！

△ Rebecca 邊忙、邊問著……

Rebecca：我的新助理咧？

向立：我那朋友下個月要去澳洲……

Rebecca：那你站在那裡幹嘛？

向立：我今天又要去幫我弟代課。

Rebecca：快去啊。

向立：你又要弄到人家熄燈喔？

Rebecca：睡眠不足，應該會早點走吧。

向立：那要不要來跟我上課？

Rebecca：不要。

向立：動一下嘛！流點汗真的很爽！

Rebecca：我要回家睡覺！

場次	42	時間	**夜**	場景	**公園**
人物	Rebecca、**向立**、**布布**、**瑞之**、**其他小朋友**、**家長**				

△ 向立拿著一落塑膠碟，邊溜著直排輪，邊四處撒著彩色塑膠碟邊大聲嚷著……

向立：一樣喔，撿最多就有禮物！最輸的要表演唱歌！你們都很厲害，所以千萬不要輸給那個阿姨！

△ 向立指著一旁的 Rebecca——

Rebecca：（糾正）姐姐！

△ 等在起跑線的小朋友都笑了，包含布布……

向立：準備囉——

△ 大家都磨刀霍霍，Rebecca 也是……

向立：開始！

△ 小朋友都嘻笑的衝了出去，Rebecca 慢了點，但還算可以……

△ 大家都搶著、撿著塑膠碟……

△ Rebecca 正滑向一個塑膠碟，布布差了 0.1 秒衝了過來，但 Rebecca 高而慢，那個塑膠碟先被布布撿去了，布布撿起後抬起頭看看 Rebecca，最後竟然很紳士的把那個塑膠碟給了 Rebecca……

△ Rebecca 笑了，對布布說道……

Rebecca：這麼好 ?! ……但是以後不要再把你辛苦得到的東西讓給別人了！

△ 布布聳聳肩，又去撿別的……

△ Rebecca 目送他，覺得真可愛，轉身繼續溜向下一個塑膠碟之際，突然，傳來一聲……

瑞之（畫外音）：（嚷）何永勵！

△ Rebecca 急煞住直排輪，掙扎了一會兒才敢看去……

△ 只見瑞之站在自己臨停的車子的駕駛座旁，遠遠嚷著……

瑞之：何、永、勵！

向立：何永勵把拔來接你了！

△ 只見布布趕緊去拿起自己的書包就溜向了瑞之……

△ Rebecca 錯愕的看著……

△ 瑞之打開了後車廂，把布布的書包放了進去，父子倆有說有笑的，布布邊脫下直排輪，說話之際，瑞之好像瞥見了 Rebecca，動作一頓——

△ Rebecca 有點忐忑……

△ 瑞之竟朝著 Rebecca 的方向走來……

△ 瑞之朝 Rebecca 的方向走來……

△ Rebecca 慌張著……

△ Insert 當年他們在山路……

瑞之：如果我一直在你旁邊怎麼樣？

△ Rebecca 的主觀看去……

△ 瑞之看向鏡頭，笑了笑……

Rebecca：這樣真的就不害怕了嗎？

瑞之：試試看啊？

△ 瑞之朝 Rebecca 伸出手……

△ 主觀看著瑞之的手……

△ 疊上現在，瑞之的手拿起了布布忘記的水壺……轉身離去……

△ 原來他沒有看見她，原來只是為了水壺……

△ Rebecca 鬆口氣，卻也遺憾著……

瑞之（畫外音）：這裡滑喔。

△ 同時，Rebecca 被一個衝過來的小朋友撞倒了……

△ 向立溜了過來……

向立：還好吧你？

△ Rebecca 笑著，淚光閃閃……

Rebecca：好痛……

場次	43	時間	**夜**	場景	**住宅區街道**
人物	**瑞之、布布**				

△ 瑞之在駕駛座前，陷入思索……

△ 傳來後座布布的提醒……

布布：把拔！

△ 瑞之回神……

瑞之：嗯？

布布：綠燈了。

瑞之：……喔。

△ 瑞之趕緊往前駛去……

待續……

是什麼讓簡慶芬感到日復一日的匱乏？以及那說不清道不明的不滿足感？

思索之後，我決定幫她找一位高分的老公，讓她連抱怨的機會也沒有，但她隱隱的感到不爽，因為她恐怕只是他的老婆，而非最愛。

多年前看到一張照片（你可能也看過）：下雨天，一個穿著襯衫西褲剛下班的爸爸，接了放學的兒子回家路上的背影。他幫兒子提著書包，另一隻手撐著傘卻大面積的護住兒子，以致於自己一邊肩膀整個濕透了……

僅僅一個背影就讓我好想嫁給他！

何瑞之就是從那個背影型塑而出的：有責任感，讓人想託付；對於愛的付出用「做的」而不是用「說的」。

所以，就像我愛上的那個背影，幾乎是在第一天到公司報到的第一眼，慶芬就有了「這個男人不錯」的念頭。接著在相處的過程中發現他的工作能力、處事大方、孝順，以及最關鍵的——他對女友的呵護，都在在讓慶芬深深嘆息：可惜不是我！

一個理解並體貼女性辛苦的男性，往往是透過認識自己母親的辛苦而產生的。所以我幫何瑞之架構了孤兒寡母的身世，他耳濡目染母親的付出：媽媽夠難的了，自己千萬不要再給媽媽惹麻煩了；他知道自己是母親唯一可以證明一路的辛苦是值得的那個人，所以他努力的長成一個「好人」。

我非常同意「編劇要懂一點心理學」這個理論。但我不是靠著專業學習，而是認真的傾聽、理解、整理感觸，漸漸的對人心產生了一些同理。

我理解到從辛苦家庭裡長成的性格，極可能有以下這兩種樣貌：

1. 因為自卑，所以封閉內心。不想被看穿，所以武裝；想證明自己可以，所以又很衝撞。
2. 不要成為別人的拖油瓶（麻煩），所以自己要顧好自己，對外隨和，格外陽光。

書寫何瑞之的性格時，我混合了自己個性中的隱忍、隨和以及討厭自己的隱忍及隨和的另一個未能實踐的我。所以何瑞之的表象是2，但他的內心是完全能理解1的。為了打造 2，所以他格外開朗，不爭不搶努力建立好人緣——是種帶著狡猾的善良。

但內心裡的 1，讓他看清了 Rebecca 的脆弱與辛苦，他欣賞她的「敢」，又想保護她的「笨」，而最終他保護她的方式，是分手。

如果你想問我，為什麼何瑞之娶了慶芬？我必須很殘忍的說，我看見了很多男人長到某一個心智年齡時，他們會選擇「務實」，所以他們心裡有一種分數，哪些女人適合痛快愛一場？哪些女人適合娶回家當老婆。

但，一旦你成為了他的家人，他對家人的愛，又是異常堅固的。

以及，在閱讀這套劇本時，請試著去感受一下劇情中那些關於 12 年前的愛情。何瑞之和 Rebecca 相處時，總是在擔憂、在解決問題；但和慶芬相處時的他，卻經常在笑。

書寫這個部分，是我對於以前在愛情樣貌裡的自己的反省。也是對觀者的提醒，你想做他心裡的那滴眼淚？還是微笑？

第三集

場次	1	時間	**夜**	場景	**慶芬家 - 廚房**
人物	**瑞之、布布**				

△ 瑞之正在沖洗餐具……

△ 布布在一旁幫忙，把瑞之清好的外賣餐具回收到「薛丁格的貓」的外賣紙袋中……

△ 布布看著外賣袋上的字（**潛意識早就幫我們決定了答案 決定了我們存在的這個宇宙 於是，現在你來到了薛丁格的貓**），問著……

布布：把拔，薛丁格是誰啊？

瑞之：一個科學家。

布布：他的貓很有名嗎？

瑞之：那是一個實驗。

布布：什麼實驗？

瑞之：以前看過，有點忘了……好像是為了證明量子力學上的一種「疊加態」……自己查啊。

△ 布布聞言拿出了瑞之放在褲子後口袋的手機查著……

場次	2	時間	**夜**	場景	**慶芬家 - 客廳**
人物	**慶芬、瑞之、布布**				

△ 客廳裡，布布的聲音從廚房傳了出來。還穿著上班服的慶芬正賴躺在沙發上滑著手機……

布布（畫外音）：（唸）把貓和毒藥放進密閉空間……如果疊加態確實存在，「疊加態」是什麼啊？

△慶芬聽到這裡，在 google 搜尋裡輸入了「薛丁格的貓」……

瑞之（畫外音）：就是兩種狀態同時存在。

布布：（畫外音）喔……（繼續唸）那麼密閉空間的貓，就會是一個既死又活的狀態……哇，我看不懂。

瑞之（畫外音）：我看。

△這時，洗好碗的瑞之，邊看著手機邊走出了廚房，坐在餐桌區，布布也跟了過來……

瑞之：喔，那個實驗應該是想要否定「疊加態」的存在，因為生命不可能既死又活的對吧？……不過也有人提出了，也許在宇宙裡還存在另一個跟我們平行的世界，在這個宇宙裡那隻貓是活的，而另一個宇宙中那隻貓是死的，當我們打開那個密閉空間的那一刻，其實是我們的意識選擇了其中的一個宇宙。

△瑞之說明的同時，慶芬的手機螢幕上，正是 google 顯示的「薛丁格的貓」的資料，關掉這個頁面之後，露出了 Rebecca 的那個發文……

潛意識早就幫我們決定了答案
決定了我們存在的這個宇宙

布布：（擔心）那薛丁格的貓到底有沒有死？他們為什麼要拿貓咪做實驗！

瑞之：（笑了）那只是一個假想的實驗！所以放心！沒有一隻貓死了！

△慶芬忖度著（瑞之跟 Rebecca 遇到了嗎？），於是，她按下了「讚」……

場次	3	時間		場景	**片頭**

△片頭……

場次	4	時間	**日**	場景	**辦公室入口**
人物	**瑞之、同事 A（50 餘歲，男性）**				

△ 公司的入口前，同事 A 正拿著磁卡開門，「嗶」了幾次，大門都沒反應……

瑞之（畫外音）：壞啦？

△ 同事 A 回首看著後方走來的瑞之，說道——

同事 A：對啊，打不開。

瑞之：我試試。

△ 瑞之上前，拿出自己的磁卡，一「嗶」門就開了……

△ 兩人都有點納悶的走了進去……

△ 下一場瑞之的聲音先 in……

瑞之（畫外音）：裁員？

場次	5	時間	**日**	場景	**茶水間**
人物	**瑞之、同事 B（40 餘歲）、Christine**				

△ 正泡著咖啡的瑞之詫異的看著一旁的同事 B……

△ 同事 B 邊喝著咖啡邊說……

同事 B：早就聽說美商進來以後會精簡人事，管理階層還會有大、異、動！

△ 同事 B 湊近瑞之，小聲說著八卦……

同事 B：副總可能會「被」退休。

瑞之：真假？

△ 同事 B 露出一個感慨的苦笑……

同事 B：所以啊，以防萬一，最好先去 linkedin 放點消息。

△ 同事 B 笑了笑，轉身要往外走，剛好看見剛進公司的 Christine，她正高昂的講著手機經過了茶水間……

Christine：好的好的沒問題……那就先約下週一囉……

△ 同事 B 見狀，對瑞之說道——

同事 B：發現沒？Christine 最近老是一副勝券在握的樣子。

△ 同事 B 說著走了出去……

△ 瑞之目送著 Christine，想起曾經有人這麼跟他說……

Rebecca（畫外音）：如果最後是 Christine 升上副總，我一定會很瞧不起你……

△ 瑞之想到這話，苦笑了笑……

場次	6	時間	**夜**	場景	**慶芬家 - 餐桌**
人物	**慶芬、瑞之**				

△ 餐桌上散著團購的零嘴。以及一個被打開的小紙箱（裝電捲棒的）……

△ 瑞之從廚房拿了一罐啤酒走了出來，看著餐桌上的東西，邊入座邊揚聲說道……

瑞之：你到底是去工作還是去 Shopping 的？

△ 浴室裡傳來了慶芬的回應……

慶芬（畫外音）：工作不就是為了賺錢，賺錢不就是為了花錢。

△ 瑞之聽著，笑了笑，拆了一包桌上的小魚乾零嘴配酒，身後慶芬走了出來，小興奮的問著……

慶芬：怎麼樣？

△ 瑞之回頭看去……

△ 慶芬一頭捲髮，手中還拿著電捲棒……

△ 瑞之一下子有點愣住了……

慶芬：是不是很像一個人？

△ 瑞之回神，很聰明的掩飾著剛才剎那間的錯愕，以很自然的態度回應著——

瑞之：誰？

△ 慶芬語意不明的嘴角上揚著……

△ 瑞之狡猾的沒有迴避慶芬的眼神，喝了口啤酒……

△ 下一場瑞之的聲音先 in……

瑞之（畫外音）：這裡滑喔。

場次	**7**	時間	**日**	場景	**山間步道**
人物	**瑞之、布布**				

△ 山路上，瑞之邊提醒邊往前走著……

布布：把拔等一下！

△ 瑞之身後的布布，因看到了特殊的昆蟲，蹲了下來觀察著……

△ 瑞之見狀，又往前走了幾步，拿出了菸點起、抽著，看著遠方……

布布：把拔你有心事喔？

△ 瑞之看向布布……

瑞之：我？……沒有啊。

布布：喔。

△ 瑞之覺得好玩，繼續問著……

瑞之：為什麼這樣問？

布布：馬麻說她有心事的時候才會抽菸。

△ 瑞之一頓，忖度著……

布布：拔你看！

△ 瑞之熄了菸，走向布布，蹲下看著，拿出手機，掃描了布布發現的昆蟲、查詢到資料後，看著手機唸給布布聽……（編按：待拍攝取景決定昆蟲種類，及說明）

布布：好酷喔！

場次	**8**	時間	**昏**	場景	**瑞之老家 - 廚房**
人物	**瑞之、布布、慶芬、何媽**				

△ 和當年一樣，慶芬跟何媽在廚房裡忙著。

△ 慶芬的一頭捲髮被綁在腦後，她正切著蔥花，如今，她刀下的蔥花可比當年秀氣多了……

△ 同時客廳裡傳來了布布進門的聲音……

布布（畫外音）：我們回來了！……哇！有炸雞耶！炸雞！炸雞！

何媽（畫外音）：（揚聲）先洗手！

△ 何媽瞥見慶芬切的蔥花叨唸著……

何媽：這是什麼蔥花啊？都當媽多久了？一個蔥花也切不好！

慶芬：你不是說「反正味道都一樣」？

何媽：我什麼時候說過了？色香味、色香味，色當然是排第一！

△ 慶芬聞言竟笑出——

何媽：笑什麼？

△ 慶芬繼續笑著……

△ 洗好手、走出浴室的瑞之剛好聽到了慶芬接下來的話（編按：同時布布嚷著炸雞炸雞，就衝去餐桌偷吃了）……

慶芬（畫外音）：遠香近臭，「到手的」怎麼看都不會順眼。

何媽（畫外音）：（沒聽懂）什麼到不到的？講什麼都聽不懂 ?!

△ 何媽媽沒聽懂慶芬的話，但，瑞之聽懂了，只是裝作沒聽到……

慶芬（畫外音）：我是說，我還是滾出去好了，免得給你幫倒忙。

△ 慶芬說著洗了手、走出了廚房……

△ 瑞之看著她，露出一個「何必呢」的表情……

△ 慶芬回以一個「我就是要這樣」的笑，對瑞之說道……

慶芬：你說的沒錯，笨一點比較好，偏偏我就太聰明。

△ 瑞之看著慶芬……

瑞之：你最近很想吵架是不是？

△ 慶芬正要說什麼，瑞之已經往廚房走去——

場次	9	時間	**夜**	場景	**慶芬家 - 客廳**
人物	**瑞之、慶芬、布布**				

△ 瑞之正看著電視，一旁的慶芬和布布正在茶几上開心的刮著刮刮樂……

慶芬：中一千萬馬麻就帶你去環遊世界！

布布：一定要一千萬才能去嗎？

△ 瑞之聞言，也起身拿起一張刮刮樂刮著……

瑞之：五百萬把拔就帶你去！

慶芬：有志氣一點好不好 ?! 意識決定我們存在的宇宙！

△ 瑞之的表情看不出他對慶芬的話的反應……

場次	10	時間	日	場景	**山路 - 瑞之車上**
人物	**慶芬、瑞之、布布**				

△ 特寫手機螢幕，是 Rebecca 的社群發文，仍停留在上一則

 # 謝謝潛意識送給我的生日禮物

△ 手機重新整理之後，並沒有更新。

△ 他們開在上山的路上，副駕的慶芬頂著一頭亂捲髮正看著手機……

慶芬：（喃喃）五天了……

瑞之：嗯？

△ 慶芬看向瑞之，想說什麼，又放棄了……

慶芬：沒有。

導航：前方兩百公尺向右轉。

瑞之：你嫂還真是博學多聞，這麼不食人間煙火的餐廳她都知道。

△ 慶芬看向了窗外……

慶芬：這樣才能突顯她的品味啊。

編按：瑞之駕駛、慶芬坐副駕、布布在後座玩電動。整場請維持導航聲音

場次	11	時間	日	場景	**很別緻的山中餐廳**
人物	**慶芬、瑞之、簡母、慶輝、嫂嫂、布布、慶輝兒子（國中生）、慶輝兒子（9歲）**				

△是間包廂，窗戶可以看得見外面的造景，感覺是間非常高檔的私人會所……

△此刻已經大致吃完，瑞之陪三個男孩聚在一起玩著手機遊戲……

△看起來很嬌弱的簡母跟身旁的慶芬說道……

簡母：我想去洗手間。

慶芬：我跟你去。

△慶芬正要起身

△嫂嫂立刻跟慶輝使了個眼色——

慶輝：我帶媽去！……順便去抽根菸。

△慶芬被留下了，她感覺得出企圖……

△慶輝挽著簡母出了包廂……這時一看就是女強人的嫂嫂，立刻換了位子坐到慶芬的旁邊，一副就是有話要說的樣子……

△慶芬故意繼續吃著剩下的食物，嫂嫂只好先暖身……

嫂嫂：新髮型好看耶。

△慶芬笑笑……

慶芬：這間菜真不錯，每次都是被你請我才有機會吃到好料。很貴吧？

嫂嫂：自己家人吃飯當然要吃好一點！

慶芬：謝啦，嫂。

嫂嫂：欸，你傳給你哥的訊息我看了，本來他要打電話給你，我說還是當面說吧，免得我們又背黑鍋。

慶芬：幹嘛這樣講啦，好嚴重一樣。

嫂嫂：因為我真的很受傷啊。

△嫂嫂拿出了一本小冊子……

嫂嫂：媽的血壓每天早晚兩次阿蒂都有記錄，我們完全照著醫生的指示在照顧她，每天盯著吃藥、早晚阿蒂陪著去公園散步，所以你看（翻筆記），她的血壓從來沒有不正常過。

△ 嫂嫂把筆記交給慶芬後，語重心長的說道……

嫂嫂：事實上不正常的是媽的記憶。

慶芬：是嗎？

嫂嫂：上個禮拜她看著慶輝叫爸的名字，上上個禮拜還說阿蒂偷了她的鐲子，她那個寶貝翡翠鐲子不是早就送給你了？上上上禮拜的事我就不說了，總之我覺得不對勁，禮拜一我就逼著慶輝帶媽去醫院檢查，初步判定，應該是早期失智症。

△ 慶芬有點驚訝……

慶芬：要多去幾間醫院做檢查吧，不能一個醫生說的就——（被打斷）

嫂嫂：我會。如果你不放心你也可以自己帶媽去檢查。但是我現在要說的是……如果真的是失智症呢？

慶芬：……

嫂嫂：我跟慶輝已經商量過了，最好的方式就是送媽去專業的療養中心，錢我們可以出——（被打斷）

慶芬：怎麼可以送媽去那種地方？

嫂嫂：慶芬，你哥不是不孝順的兒子，我也不是自私的媳婦，但是失智症真的超過我們的能力範圍……她會失禁、會忘記所有的事情、會情緒不穩、會亂跑會迷路，你應該知道失智症是不可逆的，只會越來越糟，所以媽需要專業的二十四小時照護！我們是有外傭，但人家也不可能二十四小時的上工啊！

慶芬：我不同意！

△ 嫂嫂一臉無奈狀……

嫂嫂：那我只好把媽交給你了。

△ 慶芬愣住……

△ 這時，遠遠的傳來了簡母的呼喚……

簡母（畫外音）：慶芬啊……慶芬……

△ 慶芬趕緊衝出包間……

△ 遠遠的，瑞之也注意著這一切……

場次	12	時間	**日**	場景	**餐廳包間外走道**
人物	**慶芬、簡母、瑞之**				

△ 一整排包廂外的狹長走道，慶芬挽著簡母走來，一臉心事⋯⋯

△ 簡母不斷解釋著⋯⋯

簡母：每一間都生得同款，弄得我都糊塗了，慶輝又跑去吃菸，也沒看到服務生——（被打斷）

△ 慶芬突然開口——

慶芬：媽！

簡母：啊？

慶芬：我的手機幾號？

簡母：（喏喏）你的電話⋯⋯我記在手機裡啊⋯⋯

慶芬：那我家電話幾號？

簡母：（不解）手機裡也有啊⋯⋯

慶芬：我的生（日是幾號）——（被打斷）

瑞之（畫外音）：媽還好吧？

△ 慶芬看去——

△ 瑞之從包間探出頭來關心著⋯⋯

△ 下一場瑞之的聲音先 in⋯⋯

瑞之（畫外音）：先不要往壞處想啦。

場次	13	時間	**昏**	場景	**慶芬家 - 客廳連陽台**
人物	**慶芬、瑞之、布布**				

△ 瑞之倚在陽台落地門，對著外頭正在抽菸的慶芬說道⋯⋯

瑞之：先好好檢查，萬一真的確定了，那就先服藥減緩惡化，等真的你媽的狀況很不好的時候我們再說嘛。

△ 在客廳看電視的布布問道⋯⋯

布布：外婆怎麼了？

慶芬：我不會讓我媽去住什麼安養中心的！

瑞之：好啊！……到時候我們就把你媽接過來住！

慶芬：誰顧？

瑞之：找外傭啊！

慶芬：你覺得我們家還塞得下媽跟一個外傭嗎？

布布：外婆怎麼了？

慶芬：大人講話不要插嘴！

△沉默了片刻，瑞之又開了口……

瑞之：不然就……你辭職嘛！

慶芬：………

瑞之：反正你那個保險也跑得有一搭沒一搭的，又不是真的喜歡那個工作。

△慶芬用力的熄掉菸……

瑞之：我一個人的薪水……應該夠啦。

慶芬：我現在不想討論！

△慶芬走進客廳，不悅的往房間走去……

布布：那我可以說話了嗎？

△瑞之終於回應了布布……

瑞之：外婆身體好像有點狀況，不過還不確定。沒事啦，別擔心。

場次	**14**	時間	**夜**	場景	**辦公室（同回憶的，瑞之一直待在這間公司）**
人物	**瑞之**				

△辦公室的同事都下班了，現在已經是「業務經理」的瑞之（編按：位子跟當年不一樣），一個人坐在無人的大辦公室裡，玩味的看著電腦，玩著筆……

△電腦螢幕上是人事部的公告：

茲公告

關副總經理 義雄，申請退休核准

即日起副總經理一職由業務部何經理 瑞之兼任

△心情如洗三溫暖的瑞之，抬起頭看向當年 Rebecca 的位子……

場次	15	時間	**夜**	場景	**辦公室**
人物	Rebecca、**瑞之**				

△主觀看去：整個公司都下班了，只有 Rebecca 還在加班……

△瑞之正整理著東西準備下班，邊問著另一區的 Rebecca……

（編按：留意瑞之的位子）

瑞之：怎麼又是你在加班？

△忙碌的 Rebecca，根本沒聽見……

△瑞之起身，揚聲問著……

瑞之：要幫你關燈嗎？

△Rebecca 還是沒聽見——

瑞之：張怡靜！

△Rebecca 終於抬起頭，茫然一陣子……

△瑞之指了指頂燈……

瑞之：要不要幫你關？

△Rebecca 才意識到瑞之是要幫忙關燈的意思……

Rebecca：喔……好。

△Rebecca 又埋頭忙碌……

△燈關上了……

場次	16	時間	**夜**	場景	**停車場出口**
人物	**瑞之**				

△瑞之的車子駛出了停車場，經過了一間小七……

場次	17	時間	**夜**	場景	**辦公室**
人物	**Rebecca、瑞之**				

△ Rebecca 無感的繼續忙碌著，突然她的面前放下了兩顆小七的茶葉蛋，Rebecca 詫異的抬起頭看去——

△ 是瑞之離開的背影……

Rebecca：……謝謝。

△ 瑞之頭也沒回的揚聲說道……

瑞之：為了工作把身體搞壞太划不來了啦。

△ Rebecca 看著瑞之那讓人好有安全感的背影，遠去……

Rebecca：聽過當仁不讓嗎？

△ 瑞之回過頭，看著 Rebecca……

△ Rebecca 依舊打著電腦……

Rebecca：你應該爭取來行銷部的！

△ 瑞之玩味的點著頭……

瑞之：下次我會把握。

場次	18	時間	**夜**	場景	**辦公大樓外街道**
人物	**瑞之**				

△ 地上寫著車子被拖吊的粉筆字……

△ 瑞之看著，苦笑了……

場次	19	時間	**夜**	場景	**某餐廳大型包間（可容兩張十二人桌）**
人物	**瑞之、慶芬、總經理、Christine、關副總（60 歲左右）、其他部門主管（約 40 歲上下）、家屬**				

△ 是「歡送宴」，擺了兩大桌的包間

△ 此刻要散了，幾個喝多了的中青年主管，站在門邊跟瑞之笑著攀談，有時還耳語幾句……

△ 其中一桌，Christine 正湊近跟總經理講著話，坐在同一桌對面的關副總和關太太維持禮貌、沉默坐著，臉色卻極嚴肅……

△ 另一桌，慶芬和另一位主管太太在公關……

慶芬：有個牌子很好用……我找一下傳給你。

△ 慶芬拿起手機查著……

△ 瑞之走向慶芬，跟另一位主管太太示意後，苦笑對慶芬說道……

瑞之：他們要續攤……

△ 慶芬看了瑞之一眼，意思是知道是要去酒店，但是她很識相……

慶芬：我先開車去你媽家接布布，你不要太醉。

△ 瑞之滿意又開心的笑笑，按了按體貼的慶芬的肩膀……

瑞之：知道。

場次	20	時間	**夜**	場景	**酒店**
人物	**瑞之、Christine、其他部門主管數名（約 40 歲上下）、女公關數位**				

△ 是一間不算高檔，但很敢玩的酒店

△ 一入本場就是眾男性同事酒酣耳熱的一起喊著喝喝喝喝……

△ 只見瑞之和一名女公關乾著交杯酒，女公關乾完還主動拉著瑞之用力的吻了一下瑞之……

△ 眾人更是歡騰……

場次	21	時間	**夜**	場景	**酒店外**
人物	**瑞之、Christine**				

△ 滿臉通紅的瑞之走到外頭透氣，他發現 Christine 一個人在抽菸……

△ 瑞之笑了笑打招呼……

瑞之：怎麼一個人躲到這裡抽菸？

△ Christine 看向瑞之，笑笑……

Christine：跟你一樣出來透氣啊。

△ Christine 把菸盒伸給瑞之，瑞之拿了一根，Christine 幫忙點火，點著

後瑞之致意⋯⋯

△ 兩人沉默的望著深夜的街道抽了會兒菸，Christine 才開了口⋯⋯

Christine：我還以為是我。

△ 瑞之笑笑⋯⋯

瑞之：我也以為。

△ Christine 苦笑⋯⋯

Christine：我剛問他為什麼，他說因為我是女人。Shit！我為了他婚都離了⋯⋯前幾年獵人頭公司找我，一個美商公司，開價年薪三百。

瑞之：哇。

Christine：我要辭職，他要我再忍耐兩年等關義雄退休，所以幫我加了一萬塊的薪水。

△ 瑞之看向 Christine⋯⋯

Christine：現在過五十歲了，也沒什麼跳槽的機會了。

△ Christine 踩熄了菸⋯⋯

Christine：不過比起來還是比關義雄好，被迫退休一定很悶⋯⋯忠心耿耿不值錢，有機會就好好把握。提供給你參考。

△ Christine 轉身進去了⋯⋯

△ 瑞之不在意，甚至有點得意，畢竟他拿到了位子⋯⋯

△ 但這時 Christine 卻停下腳步，朝著瑞之的背影說道⋯⋯

Christine：你知道後來⋯⋯Rebecca 跟總經理有一腿嗎？

△ 瑞之愣住了⋯⋯

△ Christine 曖昧的笑容，疊到下一場⋯⋯

場次	22	時間	**日**	場景	**會議室**
人物	**瑞之、Christine、總經理（林先生）、關副總、法務、業務經理、客服組長、其他與會人士**				

△ 正在緊急會議，此刻 Christine 正在報告——

Christine：影像廣告、電台廣告、平面廣告都通知代理商撤稿了，不過今天 ON 檔的就來不及了。

△ 背對鏡頭的總經理問道……

關副總：新聞稿呢？

Christine：我再催一下，你們法務那邊先報告吧。

△ 法務開始跟總經理報告

公司法務（畫外音）：剛剛已經跟律師 double check 了，我們解約完全有走在合約精神上，違約賠償的部分合約當時是壓兩倍，不含名譽損失……

△ 法務報告的同時，Christine 撥了內線……

場次	23	時間	**日**	場景	**辦公室**
人物	Rebecca、**行銷部同事 ABC、其他部門同事**				

△ Rebecca 在電腦前忙著，她邊喃喃自語，邊打著新聞稿的內容……

△ 同時，行銷部另三個同事正在八卦的聲音傳來……

同事 B：也太衰了吧 ?!

同事 C：嘿呀，其實很多藝人都有在吸麻。

同事 A：聽說是「前女友的復仇」。

同事 B：這麼狠～～那現在怎麼辦？

同事 A：（聳聳肩）大頭在緊急會議。

△ 這時 Rebecca 的分機響了，響了一會兒，但 Rebecca 無暇顧及……

△ 同事 A 看了一眼 Rebecca 的狀態，終於不甘願的接起……

同事 A：喂？……（對 Rebecca）Rebecca 你新聞稿還要多久？

Rebecca：（頭也沒回）五分鐘。

△ Rebecca 的手機在桌上震動，來電顯示是「哥」，但她完全沒空理，按下了電腦的列印鍵……

場次	24	時間	日	場景	會議室
人物	瑞之、Christine、總經理（林先生）、關副總、法務、業務經理、客服組長、Rebecca、慶芬、其他與會人士				

△ Christine 聽著電話不悅的說道——

Christine：（不悅）都幾個五分鐘了 ?! 一篇新聞稿而已！

△ Christine 不悅的掛上電話——

△ 以上，同步的，法務繼續報告……

客服：目前是還沒有接到退貨申訴。等新聞稿出來，我們會統一對外說法。

△ 大家聞言都看向 Christine

△ 瑞之趕緊解圍、開始報告……

瑞之：我這邊剛才已經聯絡各賣場，他們會協助撤除人型立牌、海報、DM 那些宣傳物品，會議結束之後大台北地區我會去巡一遍（繼續）…

△ 這時 Rebecca 拿著新聞稿匆匆進來，交給 Christine……

瑞之：如果有需要我們也可以跑一趟中南部。

業務經理：我是覺得可以順便去做點公關安撫一下。

△ 關副總看了看總經理後對瑞之說道……

關副總：去吧。

△ 瑞之聞言立刻拿起內線撥出，交代了「妳進來一下」……

△ 同步的，正看著新聞稿的 Christine，揚高音量不悅的斥責著一旁的 Rebecca 說道……

Christine：寫這些什麼啊 ?! 什麼代言期間敬業、高度配合……都什麼時候了幹嘛還替他說話？

△ 瑞之和剛進來會議室的慶芬都關心的看了過去——

Rebecca：我只是陳述事實。

△ 總經理伸手跟 Christine 要了新聞稿，Christine 遞上新聞稿的同時繼續教訓著 Rebecca……

Christine：Rebecca，為什麼你老是搞不清楚重點 ?! 現在最重要是維護公司和產品的名譽耶！

Rebecca：落井下石就能恢復名譽嗎？

Christine：（不悅）什麼意思啊你？

Rebecca：我真的可以說我的意思嗎？

△ Christine 快爆炸了，正要開罵，關副總卻開口了——

關副總：其實年輕人的意見有時候滿值得參考的。

△ Christine 只好隱忍的說道……

Christine：說啊！

△ Rebecca 遲疑了一下才開始說道……

Rebecca：通常發生這種事……大家都只會急著撇清關係。其實……站在消費者的感受來說，根本就沒有意義，甚至還會有「我們只會利用藝人」的負面觀感。所以我覺得與其解約，還不如……把危機化成轉機反而才可以增加商品的曝光和正面形象！

△ Christine 翻了個白眼……

△ 瑞之緊張著……

瑞之：危機變轉機的想法不錯啊，你有方法嗎？

△ Rebecca 略不安的看了一下 Christine

△ Christine 不懷好意的沉默著……

Rebecca：人都會犯錯，藝人也是人，所以……如果不要解約，反而發聲明告訴大家，不小心犯錯的人是需要機會才能讓他們走回正途，我們會不離不棄的支持他重新站起來……

△ 不懷好意的 Christine 心裡有點服了……

△ 瑞之隱約的笑了笑——很讚許的。

△ 慶芬也欽羨的看著 Rebecca……

△ 片刻的沉默裡，總經理突然開了口……

總經理：滿好的。

△ Rebecca 看向總經理……

△ 總經理抬起頭看向了 Rebecca，我們這才發現總經理，就是「林先生」

場次	25	時間	日	場景	Christine 辦公室
人物	瑞之、Rebecca、Christine、溫妮				

△緊急會議之後……

△瑞之經過了 Christine 的辦公室外，看見 Rebecca 正在裡面聽訓，他關心著，但也只能關心一眼——

△ Christine 的辦公室裡——

△ Christine 坐在她的位子上，壓抑不悅的說道——

Christine：很多時候我都在保護你們你知道嗎？反過來我也希望你們能 support 我！關副總空降過來，一直在人事上動手腳，所以我們要夠團結、彼此珍惜，有想法要先跟我討論，免得那些還不夠成熟的點子會暴露你的不足，像今天——（被打斷）

△是溫妮推門、探頭進來……

Christine：（不悅）什麼事！

溫妮：總經理找你在一線。

△ Christine 拿起電話正要按下內線——

溫妮：他是找 Rebecca！

△ Christine 一愣……

場次	26	時間	日	場景	辦公大樓區，連附近餐廳（麵店 or 自助餐店）
人物	Rebecca、總經理／慶芬、瑞之、環境人物				

△上班族的午餐時間……

△ Rebecca 有點不自在的跟在總經理的身後一步……

總經理：有沒有特別想吃的？

Rebecca：看總經理想吃什麼，我都可以。

△總經理笑了笑……

總經理：那……前面過馬路。

△ Rebecca 跟上，一瞥之際，卻突然發現——

△一間餐廳的窗邊，瑞之和慶芬有說有笑的對坐吃飯……

場次	27	時間	**日**	場景	**某餐廳**
人物	**瑞之、慶芬、環境人物／Rebecca、總經理、環境人物**				

△從餐廳看出去的角度，Rebecca和總經理經過餐廳外，Rebecca發現了坐在窗邊的瑞之和慶芬，又趕緊跟上了總經理……

△餐廳裡，瑞之和慶芬對坐吃午餐的對話持續……

慶芬：Rebecca很強耶！

△瑞之有點驕傲的說道……

瑞之：她是啊。只是她自己不知道。應該是說，她不確定。事情一多被挨罵的機會就多，提案又老是被Christine打槍。其實她很多想法都滿好的，可惜……不過以後應該……應該會不錯。

慶芬：這就是你喜歡她的地方？

△瑞之笑了……

瑞之：也是傷腦筋的地方，一體兩面。

慶芬：怎麼說？

瑞之：我們好像沒在談戀愛，都在談公事。

△慶芬笑了（原來如此）……

瑞之：你也很熱愛工作嗎？

慶芬：我喔……我還好耶，工作對我來說就是……賺錢養自己、可以多交點朋友、讓生活多一點變化、保持不要跟社會脫節的一種方式，所以盡力就好。

瑞之：難怪。

慶芬：難怪什麼？

瑞之：就是……你也滿認真的，交給你的事情也都處理的OK，就少了一點……怎麼說？……少了點熱情吧！

慶芬：喔～～

△慶芬玩味的點著頭……

慶芬：這樣是好還是不好？（強調）站在朋友的立場。

△瑞之笑了笑……

瑞之：也沒有好不好啦，反正人各有志嘛。

場次	28	時間	**夜**	場景	**慶芬家 - 餐桌**
人物	**慶芬、瑞之**				

△屋子昏暗……

△瑞之剛結束續攤，衣服還沒換下，愣坐在餐桌前、垂著頭思索著 Christine 的話……

△慶芬從房裡走了出來，睡眼惺忪的看著瑞之……

慶芬：坐在那幹嘛？

△瑞之回神，看向慶芬……

瑞之：嗯？……喔……

△說謊的瑞之避開了慶芬的眼神……

瑞之：沒有，就……突然在想，說不定哪天，我的下場或許也會跟關副總一樣。

△慶芬走了過來，在瑞之的對面坐下……

慶芬：其實關副總的年紀也差不多該退休了。

△瑞之苦笑……

瑞之：自願退休跟被迫退休感覺上差很多好嗎？……自尊心你知道嗎？

慶芬：重點是你薪水到底加了多少？

△瑞之苦笑……

瑞之：我想不怎麼樂觀。……你還看不懂這盤棋嗎？就是因為關副總薪水太高了，找我兼副總不就是為了省錢？

慶芬：這些老闆。

△瑞之還是苦笑……

瑞之：到底我們累得跟狗一樣的工作是為了什麼？

慶芬：賺錢活下去啊。

瑞之：所以啊，我去當狗就好了。你啊，不需要為了那點錢為難自己，每天上班就是為了下班的，如果你媽真的怎麼樣，真的啦，把工作辭了！

△慶芬突然惱火了，猛看向瑞之——

慶芬：為什麼你就這麼瞧不起我的工作啊？

△瑞之終於抬頭看向慶芬……

瑞之：什麼瞧不起啦?! 自己每天在那邊喊累、喊煩，而且你不是說工作是為了交朋友、不要跟社會脫節嗎？現在科技這麼進步，在電腦前就什麼事都知道。

慶芬：但是我不想被困在這個屋子裡日復一日！……我也需要跟同事聊八卦、也需要穿得漂漂亮亮的去見客戶、也需要禮拜五下班前的那種快樂、我也需要證明我不只是何瑞之的太太、何永勵的媽媽、簡邱美蘭的女兒好嗎？……我需要「我」！

瑞之：那你又不想讓你媽去安養中心，所以該怎麼辦?!

慶芬：就算我要辭職，那也應該是我自願的！自尊心你懂不懂?!

△慶芬不爽的起身離去，瑞之喚著——

瑞之：欸！

△慶芬沒有搭理……

△瑞之也惱火了，吼著——

瑞之：為什麼跟你溝通個事情總是這麼難?!

△慶芬摔門的聲音傳來——

△下一場的手機鈴聲先in……

場次	29	時間	**日**	場景	**某餐廳**
人物	**瑞之、慶芬、環境人物**				

△續27場……

△瑞之正在櫃檯買單，他放在桌上的手機響起了提示音，慶芬好奇的看去……

△ 來訊是「Rebecca」，螢幕提示的文字寫著：

我哥一直打電話給我，可我現在不方便接，你幫我（以下未出現）

△ 下一場門鈴先 in……

場次	30	時間	日	場景	瑞之老家 - 門內、外
人物	何媽、張哥				

△ 大門開，門內是何媽媽，她打量著門外的人……

張哥：嗨！你好！

△ 門外是一個男人——張哥，我們看到他的背影，很瘦、戴著帽子、穿了件剛買的紅 T 恤，背後吊牌都忘了拆（標價 99-），右肩揹著簡單骯髒的行囊，有點輕浮的探頭探腦的邊說道……

張哥：張怡靜有沒有在？

△ 何媽媽皺著眉，有點防備……

何媽：你找錯門了吧……

張哥：ㄟ？

△ 張哥納悶，趕緊掏出口袋折了幾折的信（有信封），看著信封上的地址……

張哥：你這裡是二十三之一……三樓……沒錯嘛？

何媽：可是我們姓何啊！

△ 我們現在看到了男人的正面，笑嘻嘻的、狀似不正經，帽子底下隱約的光頭……

張哥：可是她就是寫這個地址給我的啊！

△ 男人把信封給何媽看……

△ 何媽接過信，看著……

△ 信封上的寄件人寫著何家的地址，收件處寫著：

彰化縣二林鎮二溪路3段240號彰化監獄

附14037

張志豪　先生收

△何媽媽看到「彰化監獄」大驚失色，把信丟在男人的身上、用力關上了門——

何媽（畫外音）：你找錯了！你趕快走！不然我報警囉！

場次	31	時間	夜	場景	瑞之老家 - 客廳
人物	瑞之、何媽				

△客廳裡，何媽眼睛盯著電視，卻激動的斥責著……

何媽：怎麼可以把我們家地址給那種人！

△瑞之努力的壓低了聲音辯解著……

瑞之：什麼那種人?!你不要老是這樣講話好不好?!那是她哥耶！寫信本來就要寫地址的嘛！

何媽：那就寫公司的啊！

瑞之：公司收到回信會很尷尬！

何媽：她怕尷尬，你就不怕你媽發生什麼萬一?!萬一他闖進來怎麼辦？我就一個老太婆在家！

△瑞之無奈的看著何媽……

瑞之：不是所有坐過牢的人都是壞人！

何媽：長成那個德行就一看就不是好東西！我不管！你叫她搬走！要是不想害死你老媽就叫她搬走！

△瑞之無奈……

場次	32	時間	夜	場景	瑞之老家 - 瑞之房
人物	Rebecca、瑞之				

△瑞之無奈的進房，想安慰Rebecca……

△但背對門的 Rebecca，背倚著床沿、戴著耳機、看著電腦，似乎沒察覺一切……

△瑞之故作輕鬆的撲在床上，頭朝著 Rebecca……

△Rebecca 感覺到瑞之，立刻掩飾淚流滿面的起身、放下電腦、摘下耳機，進了浴室……

△瑞之目送，然後眼睛瞥向電腦……

△是租屋的搜尋……

場次	33	時間	夜	場景	Rebecca 家 - 樓下 - 外
人物	Rebecca、司機				

△Rebecca 揹著、提著辦公的家當下了 Uber，正翻找著鑰匙……

△突然一個男人冒出——

司機（畫外音）：張小姐。

△Rebecca 看去——

△是總經理的司機……

司機：總經理在車上等你。

△Rebecca 看著停在不遠處的名車，正要開口跟司機拒絕，她的手機響起了提示音，Rebecca 舉起手中的手機看著——

林先生：

陪我聊一聊好嗎？

場次	34	時間	夜	場景	街道車上
人物	Rebecca、總經理				

△車上，後座上總經理和 Rebecca 沉默坐著，帶著酒意的總經理單手靠窗撐著頭含笑看著 Rebecca……

總經理：好不好？

Rebecca：滿好。

△ 總經理笑了笑……

總經理：我不太好，剛才歡送宴喝多了，大家都來找我敬酒、講話，可我真心話卻不知道可以對誰說。……是關副總退休，你猜我升了誰？

Rebecca：不干我的事吧。

總經理：是我不干你的事？還是何瑞之不干你的事？

△ Rebecca 頓了頓，她猜到是瑞之升了……

總經理：記不記得有一次你罵我，說我是庸君，只喜歡聽甜言蜜語，分不清楚什麼是讒言什麼是諫言？能把公司經營到這個地步，靠的是好運，不是能力……

△ 總經理笑了……

總經理：你真不是個好情婦……你是知己。

△ Rebecca 有點感動……

△ 總經理停頓了一下，再次看向 Rebecca，說道……

總經理：好想好想握在手心上緊緊不放的知己……

△ Rebecca 覺得自己快要動搖了，她扔下一句話就開啟了車門——

Rebecca：希望你一切都好。

△ Rebecca 正要下車——

總經理：是你的意識把我叫來的，對吧？

△ Rebecca 一頓……

△ 總經理笑了笑……

總經理：所以我可以上去了嗎？

△ 接著她清醒了，諷刺的笑了，她笑了好久……

Rebecca：連知己和炮友都分不清楚，你怎麼可以擅自把我的分手搞得這麼廉價?!

△ Rebecca 摔上了車門——

場次	35	時間	日	場景	Rebecca 當年租屋
人物	Rebecca、瑞之、張哥				

△ 當年的搬家日，Rebecca 站在陽台，看向樓下街道……

△ 樓下，瑞之從他的後車廂搬出了紙箱交給張哥……

張哥：再來啦……可以啦……

△ 瑞之又搬了一個箱子疊到張哥手上的箱子上……

場次	36	時間	夜	場景	巷子
人物	Rebecca、瑞之				

△ Rebecca 陪著瑞之走去停車的地方……

△ 一路上，瑞之知道 Rebecca 悶悶的，於是故做輕鬆的計畫著要再添購什麼……

瑞之：再買個單人床給你哥，不能一直睡地板啦，冬天怎麼辦？

△ Rebecca 沉默著……

△ 瑞之繼續努力找著話…

瑞之：ㄟ？還是沙發床好了，白天還可以當沙發，怎麼樣？

Rebecca：等等跟張志豪商量。

△ 他們走到了瑞之的車前……

瑞之：那明天我們去逛一下家具店？

Rebecca：再看看。好多東西要整理。

△ 瑞之摸摸 Rebecca 的頭，逗著……

瑞之：沒有我的打呼聲不要失眠喔！還是我錄一段給你？

△ Rebecca 看著瑞之，好像要說什麼，卻改成了……

Rebecca：趕快回家啦，我還有好多東西要整理。

△ 瑞之摸了摸 Rebecca 的頭，上了車……

△ Rebecca 目送著瑞之離去，眼眶似乎含著淚水……

△ 直到看不見瑞之的車，她才拿出手機開始輸入……

Rebecca OS：聽說，只要維持一個行為二十一天，我們的大腦就會記住一個習慣。

場次	37	時間	**夜**	場景	**街道**
人物	**瑞之**				

△瑞之開著車……

△搭上 Rebecca 的 OS……

Rebecca OS：但是經過了這麼多的二十一天，何媽媽卻還是沒有習慣我這個人的存在。就像我，雖然我努力的假裝聽不到、看不見……（繼續）

場次	38	時間	**夜**	場景	**停車格**
人物	**瑞之**				

△瑞之已經停好了車，在車上看著 Rebecca 的訊息……

△Rebecca的 OS 繼續……

Rebecca OS：假裝接受了你的那些安撫，但我其實根本沒辦法習慣「她不喜歡我」這個事實。這是個無解的習題。放棄吧。其實愛情真的沒有那麼重要，它就是來來去去，最終選擇了一個句點而已。

△瑞之放下了手機，坐在車子裡，眼眶泛淚……

場次	39	時間	**日**	場景	**辦公室**
人物	**Rebecca、瑞之、環境人物**				

△Rebecca 一早來上班，發現桌上有兩顆茶葉蛋，她頓了頓，就把茶葉蛋扔進了垃圾桶……

△瑞之遠遠的看著這一切……

Rebecca OS：所以無論如何我都會選擇我哥，絕不以他為恥，雖然他粗鄙、不聰明、不稱頭、給我惹了無數麻煩……

場次	40	時間	**夜**	場景	**辦公室**
人物	Rebecca**、瑞之、張哥**				

△ Rebecca 歸來，開了門就看見——

△ 瑞之和張哥正在把外賣食物張羅在茶几上，張哥看向 Rebecca 說道……

張哥：緊喔緊喔！瑞之買了好多好料……

△ Rebecca 卻立刻掉頭就走……

△ 張哥不解的看向瑞之……

△ 瑞之難過……

Rebecca OS：可是我不能忘記那些相依為命的日子。你也是。所以我們都不要再為難自己了，反正二十一天後，就會習慣了。

場次	41	時間	**夜**	場景	Rebecca **家 - 客廳**
人物	Rebecca				

△ Rebecca 怔怔的躺在客廳的地板上，應是歸來後就直接躺下的狀態，東西就在身旁，肩上還揹著自己的皮包，她望著天花板一動不動……然後喃喃說道……

Rebecca：是該搬家了。

△ 接著 Rebecca 毅然起身打開了一個櫃子拿出了一個紙箱，她用力的組起、貼上封箱膠帶，就往房間走去——

△ 不一會兒 Rebecca 抱了一大疊（帶著衣架）衣服，走了出來，隨便把衣服凹了一凹就往紙箱放，這時，不知哪件衣服的口袋掉出了一串鑰匙……

△ Rebecca 彎身撿起那串鑰匙看著……

△ 她當然記得那串鑰匙……

△ 特寫 Rebecca 手中的鑰匙……

場次	42	時間	**日**	場景	**瑞之老家 - 外、內**
人物	Rebecca、**瑞之、布布**				

△ 那串鑰匙插進了鑰匙孔，門開了……

△ 主觀的鏡頭走了進去，走進了客廳……

△ 布布開心的衝了過來，邊抱住主觀鏡頭邊嚷著——

布布：馬麻～～

△ 瑞之從廚房探出頭來……

瑞之：怎麼又這麼晚？……又、吃、便、當？

△ 不敢置信的 Rebecca 這才發現自己手中提著一個裝了三個便當的塑膠袋……

布布：是好吃雞腿那家的嗎？

△ Rebecca 眼睛含淚的惶惶然應道……

Rebecca：嗯……

布布：耶！

瑞之：（開玩笑）明天如果再吃便當我就翻臉囉。

△ Rebecca 的淚水滑下，擠出笑容的說道……

Rebecca：明天我一定提早下班，五菜一湯好不好？

△ 瑞之瞇起眼睛想像狀……

瑞之：哇……明天一定很幸福。

場次	43	時間	**日**	場景	**慶芬家 - 臥室**
人物	**瑞之、慶芬**				

△ 床上的瑞之睜開了眼睛，一陣酸楚，他轉過頭看去……

△ 背對他而睡的慶芬的直髮鋪在枕上……

瑞之：……你還是直髮好看。

待續……

NIKE

剪接的時候發現在結局情節不能更動的前提下，第三集過長了。如果硬是照原劇本的結構，那個很重要的分手訊息恐怕會太過潦草而被犧牲，所以我反覆的思索後，在剪接結構上做了一些調整。

其實長度問題在串流時代，是採開放的，但電視台就還是有排播上的壓力。關於控制每集的長度，在劇本階段的確可以稍微的掌握，但還是要輔以剪接的協助：不夠長就拖一點節奏，太長就剪去下一集。有時拼拼湊湊又多了一集，製作方又可以多領一集的製作費。所以經常我們會看到一些情節突然拖沓的橋段。

由於這次在書寫劇本時，結局的情節都是特別設計的安排，所以我還在練習如何兩者兼顧，此外，我在剪接時也放棄了服務時間限制的框架，我想順著每一場最舒服的節奏去剪接。

看了前面三集的劇本後，你應該發現了第一集劇本是由慶芬的視角開始，第二集是 Rebecca，第三集是瑞之視角，這個創作架構是我在書寫完第二集劇本後，才真正確定的：

1. 藉由三種視角讓故事繼續前進，而非反覆的檢視同一個事件。
2. 12 年前的過去必須前進，12 年後的人生也要往前。
3. 過去歲月裡，存在每個人記憶裡的重要片段，其實是不一樣的。
4. 有些人是不喜歡回憶的。但有時回憶會自己闖進腦海、有時一些後來才知道的真相讓我們想重新檢查那個關鍵時刻。

而從第四集開始，我讓三人交錯進行。那麼什麼時候、該如何從 A 跳到 B，又怎麼再進入 C 呢？

通常我是比較靠直覺去跳場的，而我的直覺仰賴的是一些感觸。譬如：下雨了，你那邊也下雨了嗎？或者是，剛剛聊到了某個人，我想起了那個人跟我的曾經，於是藉由曾經裡的那個人，再帶出他的現在。

不過，直覺有時候很任性。所以我會每日反覆檢查前一日、前前日的直覺到底是任性？還是有趣的旋律？然後反覆搬動結構、修正，甚至在剪接的時候，都繼續在搬動。

重點是，這個順著直覺書寫的方式，是歷經了十多年的正統書寫經驗、訓練，才對結構組成有了一定的功力，因此新手編劇，還是應當像學習畫畫一樣，先打好寫實素描基礎這樣的養成過程，在日後才能成為擅長解構的畢卡索。

喔！還有一個重點：無論如何都要反覆檢查你的劇本，有時候隔個幾天，你就會以比較客觀的角度，發現你的盲點、Bug。

第四集

場次	1	時間	日	場景	**日子節場地（大型的空曠廠房）＋特效**
人物	**Rebecca、工頭、木工師傅**				

（科學家是不是和我一樣無聊）

△黑畫面中，慶芬的OS先in……

慶芬OS：疊加態，是在一個實驗裡發現的。因為科學家為了「光」究竟是一種波、還是粒子？爭論不休。於是他們做了一個實驗。

△畫面in。

△Rebecca跟工頭和木工助手討論差不多結束了，畫面進來時，她正收起一大疊的設計圖到自己的大包包裡……

慶芬OS：如果光是粒子，那麼當光束穿過一個有兩道縫的屏障之後，最終將會在牆面上投射出兩道光影，但實驗的結果是，光在牆面上投射出了像水波一樣的干涉紋路。所以，光是波。

△Rebecca與工頭的對話是背景聲音……

Rebecca：下禮拜一我可以拿到估價嗎？

工頭：還差兩個區塊的圖捏！

△Rebecca提起沉重的包包邊回應……

Rebecca：已經在催了，這禮拜一定給你。

場次	2	時間	日	場景	**公車站／計程車＋特效**
人物	**慶芬、司機**				

△手機螢幕上顯示著google搜尋的「疊加態」資料……

△等公車的慶芬看了看手機，決定攔計程車，配合以下的OS……

慶芬 OS：**但支持粒子派的科學家並不服氣，於是他們決定觀察光束通過雙縫的過程，這下子，他們發現了一件不可思議的事，一旦觀察行為發生時，最後投射在牆面上的結果就改變了，僅僅只是兩道平行的光影。光變成了粒子。**

場次	3	時間	日	場景	某設計師工作室＋特效
人物	Rebecca、設計師				

△ Rebecca 揹著沉重的大包包、剛走進工作室，跟設計師打著招呼，配合以下慶芬 OS……

慶芬 OS：**是的，你沒有聽錯，這個實驗導致了一個超瘋狂的結論——觀察行為，改變了光的性質。……為什麼會這樣？連最聰明的科學家至今也無解。……難道光是有知覺的嗎？而它又為什麼要改變呢？**

場次	4	時間	日	場景	計程車上／Uber
人物	慶芬、司機／Rebecca、司機				

△ 手機螢幕被重新整理……

△ Rebecca 的社群頁面，依舊停在上一則 PO 文……

慶芬 OS：八天了。

△ 計程車上的慶芬看著手機，思忖著……

慶芬 OS：看來……「觀察者」被發現了。

△ 慶芬笑了笑……

△ 在與慶芬的計程車平行的另一台 Uber 上，坐著 Rebecca……

場次	5	時間	日	場景	Uber 車上／計程車
人物	Rebecca、司機／慶芬、司機				

△ 坐著 Uber 的 Rebecca 正在講手機……

Rebecca：我姓張……一位……未婚……

△ Rebecca 暗暗的嘆了口氣，壓抑著情緒回應著……

Rebecca：四十歲……不好意思我只是想租（被打斷）……（無奈答覆）是未婚，沒有離婚！……自由業……（不耐）我的收入保證可以付得起房租，所以請問什麼時候方便讓我看一下房子？……租出去了？那你問我那麼多幹嘛？!

△ Rebecca 傻眼、搖頭、苦笑的切斷了手機之際，她轉頭看向窗外，竟愣住了——

△ 旁邊那台計程車上的慶芬，也正看著 Rebecca……

△ 她們怔看彼此，直到慶芬的計程車轉了彎……

△ 在慶芬詫異的神情裡，下一場回憶的手機聲先 in……

場次	6	時間	日	場景	辦公室
人物	慶芬、Rebecca、環境人物				

△ 慶芬發現來電的是：

何媽媽

△ 慶芬有點意外，但還是以甜美的聲音接起……

慶芬：何媽媽喔？

何媽（彼端）：慶芬？

慶芬：對啊我是慶芬，你是不是又找不到組長？

何媽（彼端）：（哭腔）慶芬哪！我真的很難過，你幫我勸勸何瑞之好不好？他已經兩天都不跟我講話了！

△ 慶芬有點意外……

慶芬：是……出了什麼事嗎？

何媽（彼端）：還不就是那個雷掰咖！

△ 慶芬聞言，下意識的抬頭看去……

△ 而 Rebecca 一如往常的在辦公桌前忙碌著……

場次	7	時間	**日**	場景	**辦公室露台**
人物	**瑞之、慶芬**				

△主觀：是瑞之在露台抽菸的背影……

△門內的慶芬看著瑞之的背影，想了想後推門走到露台……

慶芬：借我一支吧？

△心事重重的瑞之回神，看著慶芬，一下子沒懂……

△慶芬指了指瑞之的菸……

瑞之：喔。

△瑞之邊拿菸給慶芬邊說……

瑞之：我不知道你抽菸。

慶芬：偶爾。

△慶芬發現了瑞之拿菸的手上有些傷口……

慶芬：手怎麼啦？

△瑞之掩飾的笑笑……

瑞之：打架。

△慶芬點了菸，吸了口後說道……

慶芬：跟誰？

瑞之：一隻豬。

△慶芬笑出……

慶芬：幹嘛這樣說自己？

△瑞之也笑了……

瑞之：你怎麼還沒去調查局應徵？

慶芬：因為我覺得我好像比較適合在告解室裡傾聽。

△瑞之看著遠方，笑笑，有點苦澀的，不知道該說什麼……

慶芬：何媽媽很難過欸。

瑞之：我當然知道。……對啊，這樣不對，不過……難道一個偉大母親的兒子就永遠沒有資格發洩一下？

△慶芬看著瑞之，故做義氣的說道……

慶芬：晚上請你喝酒！

△ 瑞之以笑表達感謝……

瑞之：心領了。

慶芬：不是想發洩？

瑞之：這個時候最容易引起誤會。謝啦。

△ 慶芬很意外……

慶芬：你還沒放棄啊？

瑞之：……放棄……就沒有贏的可能了。

△ 瑞之笑笑，熄了菸，離去……

△ 慶芬目送，有點失落，她看向遠方，忖度著……

慶芬 OS：沒錯，放棄了就絕對不可能贏。但這個世界上的「不放棄」分成兩種。一種是配角的不放棄，觀者稱之為「壞」、「死皮賴臉」；一種是主角的，通常被讚譽為努力、深情，又感人肺腑……

場次	8	時間	日	場景	辦公室 - 茶水間
人物	Rebecca、慶芬、同事們				

△ Rebecca 正要加熱食物，打開了微波爐發現裡面有兩個便當……

慶芬（畫外音）：是我的。

△ Rebecca 看去——

△ 一臉笑意的慶芬走了進來……

慶芬：不好意思。

△ Rebecca 讓開了位子……

慶芬 OS：抱歉了 Rebecca……

△ 慶芬趕緊拿出了熱好的兩個便當，開心的走了出去……

△ Rebecca 思索著「兩個便當」的背後……

慶芬 OS：畢竟這是我的宇宙。（感人肺腑的不放棄）

場次	9	時間	**日**	場景	**慶輝辦公室**
人物	**慶芬、慶輝**				

△ 手機拍著便當：是「舒肥料理」，看起來令人沒食慾……

△ 接著傳送給了「**世界上最美的女人**」——接著又輸入了：

人生真的太幸福了！

△ 慶輝送出後，放下了手機、看著便當，嘆口氣後說道……

慶輝：沒有那麼嚴重啦。

△ 慶輝拿起筷子開始吃便當、邊說……

慶輝：醫生只是說要我們多留意有沒有失智的現象。

△ 坐在慶輝對面的慶芬正一臉忐忑的聽著……

慶輝：所以我就幫媽做了那個「失智量表」，是有一點點記憶衰退，但是目前都還算是正常的。

△ 慶芬錯愕——

慶芬：不是說媽看著你叫爸的名字？

慶輝：就只是一下子叫錯，媽自己也知道。

△ 慶芬懂了，火了……

慶芬：那你老婆幹嘛那樣跟我講？

慶輝：誰叫你訊息寫那麼難聽！欸我手機不能設密碼你又不是不知道！

慶芬：我就是寫給她看的！看我等等怎麼寫！

△ 慶輝抬起頭看著慶芬……

慶輝：拜託簡慶芬，不要幫我找麻煩好嗎？……真的拜託啦！我願望不大，只要能安安穩穩的過日子。

△ 慶芬瞪著慶輝……

慶芬：還不是你自己找的老婆！

慶輝：所以我已經開始教育簡寶，非不得已，絕對不要結婚！

△ 慶芬認了，接著從包包裡拿出了一份保單，伸到慶輝面前……

△吃便當的慶輝看著慶芬手中的保單，傻眼——

慶輝：又要保？

慶芬：這個月業績不好……還是你要我打電話給你老婆？

△慶輝嘆口氣，無奈接過保單……

慶輝：我那點零用錢都快被你撈光了，這又什麼險啦？

△慶輝翻閱……

慶芬：一季才一萬多塊，你簽名就對了啦！

△慶芬遞上了筆……

△慶輝無奈，瞪著慶芬接下了筆……

△慶芬無賴的笑著……

慶芬：有老哥真好。

慶輝：（嘟囔）還好簡寶沒妹妹……

場次	10	時間	日	場景	影展工作室 - Tommy 辦公室
人物	Rebecca、Tommy、其他影展工作人員				

△特寫手機螢幕，來電者是：

哥

△被按下了拒接……

△Rebecca 揹著沉重的包包、走進了 Tommy 的辦公室……

△Tommy 正在講電話……

Tommy：都是女導演的作品，或是跟女性議題有關的，所以才叫「好好」嘛……

△Rebecca 把肩上沉重的大背包放在 Tommy 的桌上，然後扭動著自己不舒服的臂膀……

△Tommy 邊講電話、邊在便條紙上寫下什麼推給了 Rebecca……

Tommy：欸，我選片的眼光你應該知道吧！……有，我們正在敲 Una！

△ Rebecca 邊打開包包，拿出了一大落節目單的樣本，邊看著便條紙……

△ 便條上寫著通話對象：

Christine

△ Rebecca 陷入思　……

△ 下一場回憶中舞蹈正數著拍子的聲音先 in……

場次	11	時間	**日**	場景	**舞蹈教室**
人物	Rebecca、Christine、**溫妮、其他公關部同事、舞蹈老師**				

△ 當年……

△ 行銷部在練習年終表演，老師正數著拍子……

△ 一個隊形散開後，Christine 從中間走了出來，擺了 Ending pose

老師：Very good！

Christine：這個 pose 夠帥吧！

老師：又帥又美！

△ 同事們都興奮笑著，只有 Rebecca，她只是勉強配合……

老師：那我們休息十分鐘，然後配合音樂再來一次喔。

△ 眾人走去角落到自己的物品區喝水、擦汗、或交換某一個舞步的心得……

△ Rebecca 坐在地上喝著水，Christine 拿著水走來……

Christine：欸，我一直以為你跟何瑞之在一起，怎麼變成那個簡慶芬啦？

△ Rebecca 聞言一愣……

△ Christine 故作說錯話的樣子……

Christine：喔你不知道啊？……沒事啦，我只是聽業務部的阿昆說他們兩個感情滿好的……應該沒事啦……畢竟他們同一組嘛。

△ Christine 說著，又喝著水走開了……

△ Rebecca 情緒著……

場次	12	時間	日	場景	**超商內的自動提款機**
人物	**Rebecca、向立**				

△ 提款機正在吐鈔……

△ Rebecca 僵著臉看著……

△ 拿著飲料要去結帳的向立發現了 Rebecca，正要走去打招呼，Rebecca 卻已經拿起鈔票走出了超商……

場次	13	時間	日	場景	**超商外**
人物	**Rebecca、張哥、向立**				

△ Rebecca 揹著沉重的包包走出超商，把手中的十萬塊塞給門口抽菸的張哥，接著掉頭就走……

△ 嘻皮笑臉的張哥做了個敬禮的姿勢……

張哥：下個禮拜就還你。

△ Rebecca 頭也不回的離去……

△ 超商裡，結完帳的向立走到落地玻璃前邊喝著飲料、邊看著外面發生的事……

△ 只見，嘻皮笑臉的張哥揚聲對 Rebecca 的背影說道……

張哥：啊你要好好吃飯捏！

△ 這下 Rebecca 忍不住駐足，一陣壓抑不住的委屈讓她又掉頭走向張哥——

△ 張哥仍是那張嘻皮笑臉，看著 Rebecca……

張哥：蛤？

△ Rebecca 忍不住朝張哥激動又語無倫次的說道——

Rebecca：我真的不想七十歲的時候只能睡在街頭，所以我很努力的工作！

張哥：唉呦我下禮——（被打斷）

Rebecca：因為我只有一個人！連房子都沒有隨時可以被房東趕來趕去的一個

人，什麼都只能靠自己，連衣櫥壞了都要自己來，你知不知道自己扛自己已經夠累了，你可不可以不要再……我真的好累。

△ Rebecca 說完扭頭就走……

張哥：……我保證下個……

△ 張哥那嘻皮笑臉，換成了不知所措的傻笑，看著手中的錢，尷尬搔頭傻笑著……

△ Rebecca 忍著淚水大步離去……

場次	14	時間	**日**	場景	**辦公室**
人物	**Rebecca、瑞之、慶芬、其他同事**				

△ 匆忙走來的 Rebecca 差點撞上了某同事（和瑞之、慶芬一起）——

同事：喔喔怎麼啦 Rebecca？

△ Rebecca 只匆匆扔了句——

Rebecca：不好意思。

△ Rebecca 往外奔去，瑞之擔心目送……

場次	15	時間	**日**	場景	**警察局**
人物	**Rebecca、張哥、房東、鄰居太太、警察、環境人物、瑞之**				

△ 警局裡，Rebecca 坐在角落，氣憤又心寒的目空一切，不自主的摳著指甲邊緣的死皮……

△ 做筆錄那端的爭執，不斷傳過來——張哥激動的解釋著，但還是那張嘻皮笑臉……

張哥：啊我就說了我只是鑰匙忘記帶，借你們家陽台爬一下，啊你有掉東西嗎？我有弄壞你們家東西嗎？沒有嘛！

△ 鄰居從頭到尾根本不看張哥，嚴厲的對房東說道——

鄰居：吳先生真的啦，你們不能這樣隨便就把房子租出去啊，怎麼會租給這種有前科的 ?!

房東：沒有啦我也是現在才——（被打斷）

張哥：有前科怎樣啦？

警察：有前科她要告你的話你就很麻煩了！

張哥：呴！我只是鑰匙忘記帶阿 sir！

警察：還是你們看看怎麼和解？

鄰居：我是不想惹麻煩啦，所以吳先生如果你把房子收回來，叫他們搬走，那我就算了。

張哥：喂！我們有付房租捏！有簽合約捏！

△這時，瑞之衝進了警局……

鄰居：大樓裡面有這種有前科的，誰住得會安心？

房東：好啦好啦！拍謝啦！這個我來處理！我一定叫他們趕快搬走！

張哥：欸不對捏房東先生，我有前科，啊干我妹什麼事？她好好的捏！努力唸書還努力工作捏！她有爬你家陽台嗎？啊為什麼她要搬走？

鄰居：你看這麼無賴 ?! 請神容易送神難啦！

張哥：什麼無賴 ?! 我在跟你講道理捏！

△以上對話的過程中：

瑞之以目光尋找著 Rebecca……

瑞之先看到了張哥，隨即也發現了角落的 Rebecca，他走向 Rebecca……

△ Rebecca 發現眼前有人，看去……

△瑞之也看著 Rebecca……

△沉默裡，千言萬語，但現在他們只能先解決問題……

Rebecca：張志豪爬人家陽台……人家現在要告他……

△瑞之用那讓人安定的聲音說道……

瑞之：沒事，我在。

△瑞之安撫的看了 Rebecca 一眼，就走向張哥那邊……

△ Rebecca 感動的一路看著瑞之，還好有他……

△編按：瑞之走到張哥身旁後的對話，是背景聲音……
瑞之：不好意思，我是張志豪的朋友。
張哥：喔來來來，你跟他們翻譯一下，我講話他們都聽不懂捏！

場次	16	時間	日	場景	大樓間的小綠地
人物	Rebecca、向立				

△ 夾在兩個大樓之間的小小綠區，Rebecca 坐在那裡，已經冷靜了……

△ 過程中手機接連傳來了訊息提示音（兩種不同的平台）……

△ Rebecca 吸了口氣後，拿起手機看著訊息……

△ 突然有人抽走了她的手機，Rebecca 吃驚看去——

△ 是向立，他遞了一瓶飲料給 Rebecca……

向立：休息一下不會死啦。

△ Rebecca 一陣感動，卻死硬的搶回自己手機……

△ 向立坐到 Rebecca 的身旁，幫她扭開了飲料，再次伸給她……

向立：補充一點水分再痛快的哭個過癮，哭夠了我有話跟你說。

Rebecca：什麼事啦？

△ 向立喝了口飲料，看著路人，以淡淡口氣的說道……

向立：你流浪街頭的時候我會去送便當給你……要是我老婆 OK 的話，其實你也可以來住我家，免費……

△ Rebecca 一陣苦笑……

Rebecca：謝謝你的匹夫之勇。

向立：反正啦……現在開始你就只要放心的做 Rebecca 就好，不要太累、不用太省……就，我在啦！

△ 那句「我在」，讓看著手機的 Rebecca，頓時潰堤，眼淚啪嗒掉下……

場次	17	時間	日	場景	辦公室 - 會議室
人物	瑞之、Christine、總經理				

△ 會議中，瑞之一直觀察著總經理，想著 Christine 之前洩漏的秘密……

△ Christine 正在跟總經理說明……

Christine：我是覺得跟 and me 系列的屬性還滿吻合的。

總經理：他們希望我們提供什麼？

Christine：記者會的贈品，當然有現金贊助會更好。

總經理：廣告效益呢？

Christine：雖然是個小型影展，但目標觀眾很 match，又剛好跟我們上架的時間很接近，是班順風車，而且他們正在談 Una 來代言——

△ 總經理察覺了瑞之的視線，打斷了 Christine，問著瑞之……

總經理：怎麼了？

△ 瑞之回神……

瑞之：……喔……

△ 瑞之似乎想說什麼，壓抑著情緒……

△ Christine 完全知道瑞之的情緒，暗自得意著……

△ 同時，瑞之恢復理智說明著……

瑞之：我是滿同意 Christine 的說法，確實可以在上架前先把 and me 的市場定位建立一下，不過我滿想大膽的建議，按照我們的銷售目標，要不就隆重登場，做影展的唯一贊助廠商，如果只是順風車的話，有點可惜了。

場次	18	時間	日	場景	**辦公室 - 副總（瑞之）辦公室（單獨隔間）**
人物	**瑞之、Christine、環境人物**				

△ 瑞之開完會走進自己的辦公室，Christine 在他身後倚著門邊說道……

Christine：幹嘛？新官上任喔？非得打我槍喔？

△ 瑞之邊入座邊笑笑……

瑞之：Christine，創意本來就需要撞擊，怎麼會是打槍呢？

△ Christine 笑笑……

Christine：那我就放心了。

△ Christine 其實是不甘心的，離去後，瑞之的手機傳來震動，瑞之看著……

△手機螢幕——

簡慶芬：

早點回家，今晚吃和牛，慶祝你升官！

△瑞之看著，扔下手機，想了想，又覺得不妥，再次拿起手機輸入著……

場次	19	時間	**日**	場景	**超市**
人物	**慶芬、環境人物**				

△手機螢幕——

一家之主：

這麼好！

△慶芬看著手機，收起手機後繼續推著購物推車逛著……

慶芬 OS：你在老公手機上的名稱是什麼啊？……我猜我是「慶芬」，或者「簡慶芬」。應該是從第一天儲存我的電話開始，直到現在都沒換過……也就是說，從來沒有那麼一個剎那，會讓何瑞之想要「那樣」稱呼我，譬如老婆、我太太、孩子他媽、親愛的……

△慶芬繞到了「零食區」，朝一包洋芋片伸出手……

△從洋芋片的特寫，帶到了下一場回憶……

場次	20	時間	**日**	場景	**超商**
人物	**慶芬、環境人物**				

△「洋芋片」被拿起，已經回到當年……

△慶芬一臉期待、開心……她又拿了蠶豆酥、芒果乾……

場次	21	時間	日	場景	高速公路
人物	慶芬、瑞之				

△ 正在開車的瑞之摸索著要拿水……

△ 慶芬立刻伸手幫瑞之拿了水，打開，遞給瑞之……

瑞之：謝謝。

慶芬：要不要咖啡？

瑞之：有咖啡啊？

△ 慶芬反身從後座拿起了便利超商袋子，邊說……

慶芬：還有蠶豆酥、洋芋片、芒果乾，要吃嗎？

△ 瑞之笑了……

瑞之：你小學生郊遊啊？

△ 慶芬打開了罐裝咖啡，貼心的換了瑞之手中喝完的水……

慶芬：我還查了「必吃美食」！

△ 慶芬拿出手機……

△ 瑞之笑了……

瑞之：我們是出差欸。

慶芬：出差也有下班的時候啊！

△ 慶芬看著手機……

慶芬：有一間海產店聽說他們的 uni 炒飯超級好吃，你不是喜歡吃 uni ?! 還是去吃瑞豐夜市 ?!

△ 慶芬看向瑞之，等著答案……

△ 瑞之似乎心情很好……

瑞之：嗯……uni 炒飯好了！……我請客。

慶芬：耶！

△ 慶芬一臉期待的看著前方……

△ 愉快的音樂揚起……

場次	22	時間	**日**	場景	**某會議室**
人物	**瑞之、慶芬、客戶數人**				

△音樂中……

△從會議室外面看去……

△會議氣氛很好，客戶之一不知說了什麼，他們全都笑了……

場次	23	時間	**夜**	場景	**飯店櫃檯**
人物	**瑞之、慶芬、**Rebecca				

△飯店櫃檯前，瑞之和慶芬完成 check in，拿到了鑰匙跟櫃檯致謝，慶芬對瑞之說道……

慶芬：那……半小時後集合？

瑞之：OK。

△瑞之邊應著，邊拿出手機撥出，對著手機說……

瑞之：在哪？

△慶芬納悶、不解……

△瑞之聽著手機看向入口處……

△慶芬也隨之看去……

△入口處，Rebecca 揹著行李正走入……

△慶芬傻住了……

△Rebecca 走到他們面前，尷尬笑笑跟慶芬打招呼……

Rebecca：嗨。

△慶芬趕緊擠出笑容……

慶芬：……嗨。

△瑞之說明著……

瑞之：她剛好休年假……上樓吧。

△瑞之接過 Rebecca 的行李，邊跟 Rebecca 說著話邊往電梯走去……

瑞之：等很久？

Rebecca：還好啦。

△整個被潑了冷水、怔在當下的慶芬，好不容易才回神，趕緊跟上……

慶芬 OS：有一次，我不小心在何瑞之手機的通訊錄裡，看到了一個取名叫「忘了」的電話……

場次	24	時間	夜	場景	飯店 - 房間
人物	慶芬				

慶芬 OS：我猜是 Rebecca。

△慶芬坐在床尾、看著電視，但她其實根本沒在看……

△慶芬的手機傳來了提示音，她拿起看著……

△手機螢幕——

我的組長：

Sorry，她累了……

那就回台北再請你吃飯吧。

場次	25	時間	夜	場景	夜市
人物	慶芬				

△慶芬提著一袋又一袋的夜市小吃，一臉遺憾的遊蕩在夜市……

慶芬 OS：如果我猜的沒錯，那麼也就是說，連分手之後，都還值得何瑞之為她重新命名的「忘了」……

場次	26	時間	夜	場景	某公園
人物	慶芬、老伯				

△慶芬一個人坐在公園一角吃著夜市小吃……

慶芬 OS：是他胸口上的一道疤痕，他永遠知道它在，而身為妻子的我……也觸摸的到。

△一會兒，一個阿伯騎著腳踏車經過，又繞了回來，看著慶芬……

△想著心事的慶芬不明所以的看著老伯……

阿伯：（閩）八百好冇？

△慶芬一下子沒有會過意，只是怔看著阿伯……

△阿伯見慶芬沒反應，又喃喃了幾句騎著腳踏車離去……

△慶芬突然懂了，一陣氣惱，塞了滿嘴的食物朝著阿伯的背影氣憤的嚷著……

慶芬：才八百嗎?! 你覺得我只配八百嗎？憑什麼只有八百?! 憑什麼?!

△慶芬宣洩著遺憾、委屈，哭了起來……

△淡出……

場次	**27**	時間	**夜**	場景	**慶芬家**
人物	**瑞之、慶芬、布布**				

△手機螢幕：

簡慶芬：

早點回家，今晚吃和牛，慶祝你升官！

我：

這麼好！

△沙發上的慶芬看著瑞之的手機，笑了——果然沒猜錯！她只是「**簡慶芬**」……

△她抬頭看去……

△瑞之在廚房洗碗……布布正在一旁幫他，邊說著學校發生的事……

布布：然後周智康就說是蔡品偉偷的，蔡品偉就說不是他，然後他們就打起來了。

瑞之：其實周智康這樣不好，除非有證據不然不可以這樣亂誣賴人家，打架也不好。

布布：我知道啊。

△慶芬抓緊了時機，於是忍不住的在瑞之的手機上搜尋著那個「忘了」……

△手機螢幕出現了那支號碼……

△一股衝動讓她想打過去，慶芬掙扎著……

瑞之（畫外音）：你幹嘛？

△瑞之的聲音突然出現在一旁，慶芬嚇了一跳……於是將錯就錯的舉起手機給瑞之看……

慶芬：這誰啊？

△瑞之接過手機看著……

瑞之：不是寫了嗎？就忘了啊。那時候好像沒存好。

△瑞之說著拿著手機往陽台走去……

△慶芬看著他的背影……

慶芬 OS：希望我猜錯了。希望「忘了」真的就只是忘了。

場次	28	時間	夜	場景	慶芬家 - 陽台
人物	瑞之、慶芬				

△手機螢幕顯示著通訊錄，選取了「忘了」，想要刪除……

△瑞之抽著菸，看著手機，思索著，然後他聽到開門聲的同時，瑞之按下了刪除……

△慶芬端了杯紅酒走到陽台，和瑞之並肩站著，拿了瑞之的菸，抽著，然後突然對著天空說道……

慶芬：老天爺，請允許我收回我的生日願望吧！

瑞之：什麼收回願望？

△慶芬看著瑞之笑著……

慶芬：我本來想說日子這樣沒風沒浪的好沒意思，但是……（揚聲）我媽沒事真的太好了！……我哥說得對，安安穩穩的最好，不刺激就不刺激吧！

△ 慶芬喝了口紅酒，又遞給瑞之……

△ 瑞之接過喝了口，笑了笑，夫妻倆很愜意的……

場次	29	時間	夜	場景	Co-working space - Rebecca 工作區
人物	Rebecca、向立				

△ Rebecca 還在忙著……

△ 向立走了過來，敲了敲隔間……

△ Rebecca 頭也沒回的應道……

Rebecca：幹嘛？

向立：我這兩天很不忙耶。

Rebecca：恭喜。

向立：要不要借你擋一下？

Rebecca：擋什麼？

向立：助理啊！

△ Rebecca 看向向立，有動心的……

向立：那你可以早點下班了吧？去吃小火鍋好不好？

△ Rebecca 思索了一下，然後看了看自己的筆記後說道……

Rebecca：這次我幫日子節找的幾個設計師真的都挺不錯的，所以我不想把他們找來就只是幫活動創造業績而已，如果可以幫他們的作品——（被打斷）

向立：等一下！

Rebecca：怎樣？

向立：已經開始了嗎？

Rebecca：不然還要先說「預備，起」嗎？

向立：難怪你會找不到助理啦！

△ 向立走去，竟蓋上 Rebecca 的筆電一把抱起，又揹起她的大包包（你裡面是裝磚塊啊）、邊往外走邊說……

向立：邊吃邊說啦！

△ Rebecca 看著向立一路叨唸遠去的背影

向立：就只知道工作工作……晚餐都沒吃……自己不照顧自己誰會照顧你啊……快點啦！

場次	30	時間	**夜**	場景	**小火鍋店內**
人物	Rebecca**、向立、環境人物**				

△ 他們邊吃邊聊著……

向立：（驚訝）十三次 ?!

Rebecca：嗯。各種奇怪的、根本不應該叫家的地方我都住過……有那種用夾板隔出來完全沒窗戶只能放一張單人床的、還有地下室、還有人家多出來的儲藏室，一直到我搬到（頓）——

△ 向立等不到 Rebecca 的後續，問道……

向立：哪？

△ Rebecca 沉默了一下……

Rebecca：飽了，走吧。

△ Rebecca 起身去買單……

△ 向立趕緊起身……

向立：這餐便宜我請啦。

△ Rebecca 看著向立搶著付錢的背影，笑了……

場次	31	時間	**夜**	場景	Rebecca **家**
人物	Rebecca				

△ 瑞之老家的那串鑰匙放在茶几上……

△ Rebecca 看著那串鑰匙，想起了……

場次	32	時間	日	場景	**新建案的房子**
人物	Rebecca、**瑞之**				

△很漂亮的一間空屋，窗戶外就是綠樹，陽光灑了進來……

瑞之（畫外音）：開車十多分鐘就可以到我媽家，互不打擾，又可以互相照應……

△鏡頭緩緩攀過，緩緩轉進了臥室……

瑞之（畫外音）：銀行說可以貸到八成，所以頭期款我存得差不多了……以後一個月要繳五萬多塊……

△瑞之和Rebecca站在那裡……

△是回憶……

瑞之：你要不要幫我？

△Rebecca愣住……

△瑞之看著Rebecca……

Rebecca：你……不會是在……求婚吧……？

△瑞之繼續看著Rebecca，好一會兒他伸手拿出了口袋裡的一枚戒指……很一般般的白金戒指……

瑞之：因為要買房子，所以鑽石先欠著……

△Rebecca接過戒指，含淚笑了，感動的……

場次	33	時間	日	場景	**租屋處**
人物	Rebecca、**某婦人（屋主）**				

△Rebecca瀏覽著空屋的空間……非常陰暗、陳舊的一間屋子……

△Rebecca繞回客廳，以禮貌的藉口，對著等待的屋主說道……

Rebecca：嗯……我大致看過了，覺得……可能對我來說……好像太大了一點。

屋主：太大？我資料上不是有寫坪數？

Rebecca：喔……我對坪數沒什麼概念，不好意思。

△屋主有點不悅……

屋主：我想說你那麼趕，還特地從板橋坐計程車過來耶。

Rebecca：不好意思。

屋主：那如果你不租的話……要付我車馬費喔。

△ Rebecca 傻了……

場次	34	時間	日	場景	街道
人物	Rebecca				

△看完屋子的 Rebecca 從巷弄走了出來，經過了一間糕餅店，她遲疑著，因為心裡的一個念頭，在蠢蠢欲動……

場次	35	時間	日	場景	公車上
人物	Rebecca、移靈隊伍、環境人物				

△ Rebecca 坐在公車的窗邊，看著窗外，心情的甜蜜漾在臉上……

△車窗外，公車經過了城市之後，出現了一列移靈的人……

△隊伍中，很明顯的孤兒寡母：母親很年輕，兒子只有七、八歲，哀淒的穿著黑衣，跟著法師走著……

△ Rebecca 看著他們，臉上的笑容漸漸隱去，因為那母子讓她想起了瑞之和何媽媽……

△公車上的 Rebecca 看著那個母親，心裡震了一下……

場次	36	時間	日	場景	瑞之老家 - 大門外
人物	Rebecca				

△ Rebecca 提著一盒糕餅點心，站在瑞之老家的大門外……

△ Rebecca 忐忑著……掙扎了好一會兒，她拿出了手機……

△彼端，有人接起了……

何媽（彼端）：（有點虛弱的）喂？

Rebecca：（忐忑）何媽媽……我是 Rebecca……我……可以嫁給瑞之嗎？

場次	37	時間	**昏**	場景	**瑞之老家 - 大門外**
人物	Rebecca				

△ Rebecca 再次來到了瑞之老家，像當年一樣，手裡提著一盒糕餅點心，還握著那串鑰匙……

△ 她不知道在那裡站了多久，才鼓起勇氣按了門鈴……

場次	38	時間	**昏**	場景	**公園**
人物	**慶芬、布布、向立、小朋友們、家長們**				

△ 下班的慶芬帶著下課的布布往公園廣場走來……

布布：我就沒有看清楚啊。

慶芬：所以我才一直跟你說，題目一定要先看清楚再作答！

布布：我以為我看清楚啦。

△ 母子倆抵達了廣場……

慶芬：那以後就看兩遍！

△ 其他家長和小朋友都來了，代課的向立正在跟家長寒暄，但是是背影……

△ 有小朋友喚著……

小朋友：何永勵你今天好慢喔！

布布：是我馬麻好慢！

△ 慶芬在角落安置了布布的東西，督促著布布換直排輪鞋……

慶芬：好了啦你趕快換鞋啦，下課把拔會來接你。

△ 這時向立朝慶芬和布布溜了過去……

向立：嗨，是永勵的馬麻嗎？

慶芬：我是——

△ 慶芬一抬頭就愣住了，因為她覺得向立眼熟……

△ 向立以為慶芬的神情是因為不認識自己之故，笑著解釋……

向立：我是來幫小于老師代課的，他今天有事。

布布：他是大于老師啦！

△慶芬還是想不起來這眼熟的感覺來自哪，但還是禮貌而尷尬的笑著應道……

慶芬：大于老師好。

向立：叫我大于就好了。

△向立笑著回應慶芬後，對布布說……

向立：永勵換好鞋趕快來集合。

布布：好！

△慶芬目送著滑到廣場中央準備上課的向立，不斷思索……

△布布也溜去了……

△慶芬轉身離去，忍不住回頭看著上課狀態的向立思索著……

△向立對孩子燦爛的笑著……

△慶芬走著走著，終於想到了……她駐足、趕緊拿出手機，操作著……

△特寫手機螢幕——

是 tag Rebecca 的「于向立」……

△手指點下……

△慶芬看著手機，露出笑容，果然是——

慶芬 OS：原來願望是無法收回的……「刺激」就這麼大剌剌的走進了我的生活……

△慶芬的視線從手機移向向立……

△向立正糾正著學生，很帥、有著大男孩的酷溫柔……這時，慶芬的手機響了……

△慶芬回神、接起手機……

慶芬：喂？……是我是瑞之的太太，請問你是……？

△慶芬的臉色漸漸變了……

△下一場門鈴聲先 in……

場次	39	時間	**昏**	場景	**瑞之老家 - 大門外**
人物	Rebecca、**鄰居媽媽**				

△依舊沒有人回應門鈴⋯⋯

△Rebecca 苦笑了笑，「無緣」應該就是這樣吧⋯⋯所以她放棄了，轉身正要走，就聽見迎面一個鄰居太太邊衝上樓、邊焦急大聲的講著手機⋯⋯

鄰居太太：我在我家後陽台聽了好一會兒⋯⋯應該是你媽在喊救命沒錯⋯⋯好像是在浴室裡⋯⋯

△Rebecca 聞言驚愕的回頭看向瑞之老家的門⋯⋯

鄰居太太：我過來了！⋯⋯打一一九沒用啊，沒鑰匙進不去啊！

場次	40	時間	**夜**	場景	**慶芬家 - 客廳**
人物	**慶芬、瑞之、布布**				

△慶芬邊以顫抖的手撥著手機、邊焦急的在翻箱倒櫃找著鑰匙，手機終於通了⋯⋯

慶芬：媽的鑰匙你放在哪？⋯⋯（強調）你媽家的鑰匙！

場次	41	時間	**夜**	場景	**瑞之老家巷子**
人物	Rebecca、**向立、瑞之、鄰居太太、其他鄰居、救護車**				

△戴著安全帽的 Rebecca 坐在向立的機車上離去⋯⋯他們和瑞之的車子擦身而過⋯⋯⋯

△瑞之焦急的停下車，就奔向老家⋯⋯

△何媽媽正被推上救護車⋯⋯

△鄰居太太把一串鑰匙交給瑞之，交代著⋯⋯

鄰居太太：應該是在浴室滑倒了⋯⋯你快跟著救護車⋯⋯⋯

△瑞之慌亂中握著那串鑰匙就上了救護車⋯⋯

場次	42	時間	**夜**	場景	**醫院手術等候區**
人物	**瑞之、慶芬、布布**				

△ 手術資訊螢幕上顯示著：

何魏水妹　手術中

△ 瑞之、慶芬面無表情的在手術等候區等待著，布布睡在慶芬的腿上……

瑞之：先帶布布回去吧，他明天還要上課。

△ 慶芬看向瑞之……

慶芬：你一個人可以嗎？

△ 瑞之壓抑煩躁的說……

瑞之：就是等嘛。

△ 慶芬看著瑞之，握住他的手……

慶芬：……一定會沒事的……

△ 瑞之的手很無感，似乎沒有得到一絲溫暖、也沒有一絲需求的回應……

△ 他沉默了一會兒後說道……

瑞之：你嫂是真的很機車，不過……至少她願意把你媽接過去住……我早說過要搬回去……

△ 慶芬如被重擊，深深自責著……

瑞之：我早說過了……

場次	43	時間	**夜**	場景	**瑞之老家外**
人物	**慶芬**				

△ 來把瑞之車子開回家的慶芬，怔怔的坐在瑞之的車裡發著呆……

△ 她看向瑞之老家的大門，不禁想起……

△ 下一場何媽的話先 in……

何媽（畫外音）：何瑞之五歲我就開始守寡……

場次	44	時間	**日**	場景	**瑞之老家 - 客廳**
人物	**何媽、慶芬**				

△ 何媽紅著眼睛聽著手機，沉默了一會兒才忍著淚水說道……

何媽：他爸就只留下這棟房子，連貸款都還沒付完。……我又不能賣，畢竟這是他爸留給何瑞之的……可我又什麼都不會，只好幫人家帶小孩，抱小孩抱到手都抬不起來，可還是要抱到何瑞之大學畢業……結果呢？……你搬走以後，他一句話都不跟我說，昨天晚上終於開口了，就說要搬出去……

△ 何媽說著漸漸泣不成聲……

何媽：我為了他苦了一輩子啊……

△ 何媽傷心的放聲哭著，一張面紙伸來，幫何媽擦著淚水——

△ 是慶芬，她也掉著眼淚，哭著說道……

慶芬：何媽媽不要哭……不要難過，我一定會常常來陪你，我一定……何媽媽不要哭……

△ 慶芬抱住了何媽，何媽也緊緊的抱著慶芬做為依靠……

△ 兩人抱著、痛哭著……

場次	45	時間	**日**	場景	**瑞之老家 - 外**
人物	Rebecca				

△ 上一場回憶的哭泣聲串到本場……

△ Rebecca 紅著眼睛聽著手機、提著糕餅點心，站在門外……

△ Rebecca 的特寫，銜接到下一場……

場次	46	時間	**夜**	場景	**Rebecca 家 - 臥室**
人物	Rebecca				

△ Rebecca 的特寫……

△ 她站在衣櫥前看著……

△ 衣櫥的吊桿被修理好了，衣服整齊的掛著……

△ 化妝台上，放著十萬塊現金，和一張字條……

△ 手機的語音……

張哥（彼端）：我沒有爬陽台喔，是拿你藏的那支啦。啊這次先還這次的十萬塊，上次的再等我一下下啦，欸！但是沒有利息喔，因為我是你哥嘛（笑）……

△ Rebecca 感動著，眼眶紅了……

場次	47	時間	**夜**	場景	**醫院手術等候區**
人物	**瑞之**				

△ 疲憊的瑞之倒了一杯水，回到等候區坐下，他這才感覺到褲子口袋的東西，他拿了出來，是鄰居媽媽交給他的那串鑰匙……

△ 瑞之看著鑰匙愣住了——他認出了那串鑰匙……

△ 音樂起……

場次	48	時間	**日**	場景	**戶政事務所**
人物	**瑞之、環境人物**				

△ 音樂中……

△ 48-1 瑞之在戶政事務所等待著……

△ 48-2 瑞之邊打著手機邊把手中過號的號碼牌扔了，又重抽了一張……

△ 48-3 瑞之坐在等候區轉著自己手上的戒指思忖著……

△ 48-4 瑞之失落的走出了戶政事務所……

場次	49	時間	**日**	場景	**辦公室 - 瑞之的座位**
人物	Rebecca				

△ 音樂中……

△ 那個白金戒指似乎剛被放在瑞之的桌上，還有一點微微的晃動感……

△ 焦聚之外，Rebecca 的背影正離去……

場次	50	時間	**夜**	場景	**醫院 - 加護病房外**
人物	**瑞之**				

△ 音樂繼續……

△ 特寫手機螢幕：

聯絡人的查詢欄被焦急的輸入了「忘了」……但螢幕卻顯示沒有這個聯絡人……

△ 瑞之看著手機，思索了一下，輸入著號碼……

△ 手機螢幕被輸入了 09526 之後就頓住了……

△ 瑞之苦笑了起來……

瑞之：（喃喃）竟然……真的忘了……

待續……

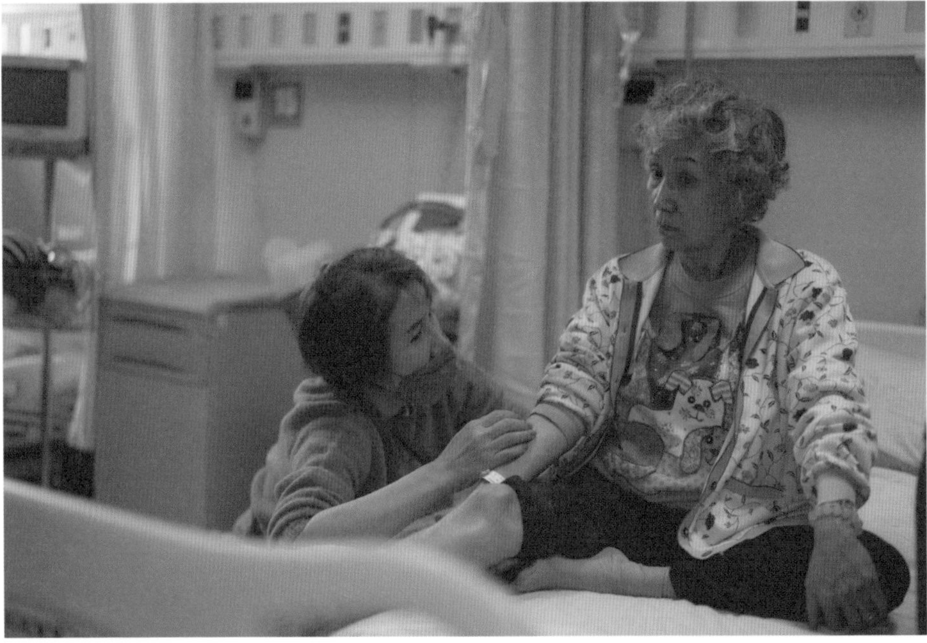

我忘了是怎樣的一個因緣際會的脈絡，忽然看到了量子力學中的「雙縫干涉實驗」，當我讀到光因為觀察行為而改變祂的型態時，我震驚了好久——人心不也正是如此?! 當我們發現正被觀察著，或者刻意的去被觀察的時候，我們的「呈現」將因此而調整或改變。

自此，那個感覺上一點都不科學反而非常人性的「量子力學」，讓我著迷了好一陣子。

那段時間我每晚讀上一則相關實驗，然後一再地發現，祂與哲學、佛學的相互呼應。每每讓我不斷的讚嘆，人們實在太過渺小，一點都不瞭解宇宙奧秘之餘，我也一再覺察到「祂是一團巨大的意識，而渺小的我們的意識是來自祂的碎片」是一個可能性極高的論點，所以量子世界才會那麼的戲劇性。那麼，是不是當我們純淨到某一種狀態時，其實是能和宇宙溝通的？

（就那麼的巧！或說在宇宙的安排之下，蔡健雅加入了這次的創作，她告訴了我關於跟宇宙許願的神奇，包括這次的合作，都是願望清單之一。）

於是我斗膽的、忍不住在這套劇本裡頌揚祂，藉愛情來舉例。我努力、淺白的以我的一知半解，丟出我發現的那些驚奇：薛丁格的貓、量子糾纏、疊加態、平行宇宙、意識碎片……

不過我的助理在幫我校稿時，卻很是替我擔心。她擔心這些頌揚會讓觀者感到生疏而無法投入。當時，我的確掙扎了一些時間，但還是很任性的想跟我的觀眾分享我的發現。

拍攝結束進入剪接室時，助理的那些擔心化為具體的事實，所以第四集、第五集的剪接卡關了很久，也導致了影像版與文字版的差異很大。

我反省過。但，倘若重來一遍，我應該還是會堅持這個任性，因為如果我放棄嘗試，妥協於駕輕就熟，那麼也就等於我放棄讓自己在創作上繼續學習、繼續成長的機會。

整個過程之後，我整理了一個心得：創作可以任性，但是你的任性不能只爽到自己，你必須讓閱讀者能接受到你要傳遞的訊號。

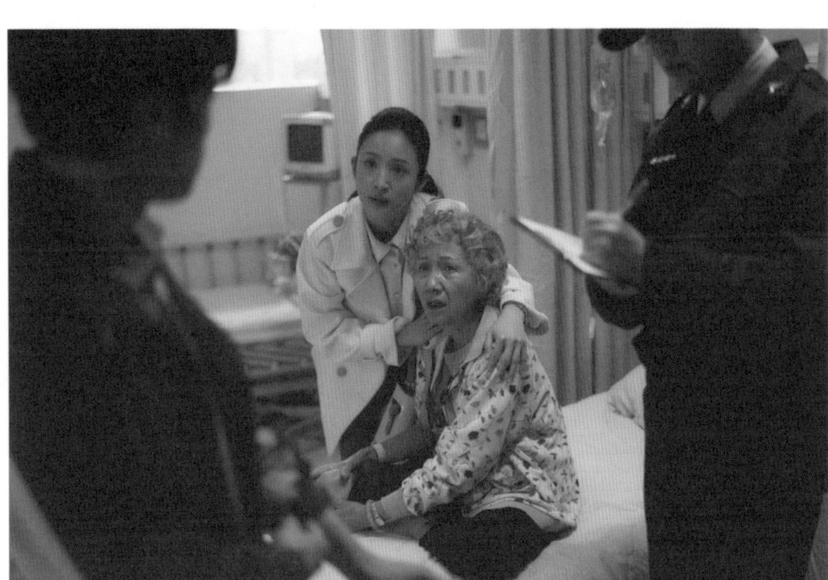

第五集

場次	1	時間		場景	**特效（或實拍）**

△手機螢幕已輸入了：

△0952

△游標在「2」的後面閃爍著……

△一會兒之後，「2」的後面彈出了67，畫面迅速黑去……

慶芬 OS：你知道嗎，很有可能整個宇宙根本就沒有實體，一切都只是意識而已。

場次	2	時間	**夜**	場景	**星空**

△畫面漸漸飛進，黑夜裡星空閃爍……

慶芬 OS：這是量子力學之父在1944年提出的假說，震驚了世界……

△下一場手機鈴聲先in……

場次	3	時間	**日**	場景	**Rebecca 家－客廳**
人物	Rebecca				

△手機鈴聲繼續響著……

△客廳裡是打包到一半的樣子，幾個散落的紙箱被潦草的裝了一半……

慶芬 OS：據說，是意識的震動產生了能量，因此才有了有形的一切。

△四下都擱著一些尚未裝箱的物品……沙發上堆著衣服……

△茶几上也凌亂著：水杯、咖啡杯、筆電旁邊有一盒新買的、半開的感冒藥、手機……

慶芬 OS：而我們所謂的上帝、佛祖、阿拉，都是最高層級的巨大意識，科學家叫祂「母體」⋯⋯

△ 被手機吵醒的 Rebecca 走了出來，拿起茶几上的手機⋯⋯

△ 感冒中的 Rebecca，鼻音很重的應著手機⋯⋯

Rebecca（畫外音）：喂？

△ 鏡頭從茶几往上搖，只見正聽著手機的 Rebecca，沉默了⋯⋯

△ 下一場慶芬的聲音先 in⋯⋯

慶芬（畫外音）：布布起床囉！

場次	4	時間	**日**	場景	**慶芬家廚房**
人物	**慶芬**				

慶芬 OS：形形色色的人們都來自母體，你我都只是意識的碎片⋯⋯

△ 慶芬很匆忙的把剛買回家的鱸魚（已剁過分段）從塑膠袋裡倒入洗碗槽仔細的沖洗著⋯⋯

△ 瓦斯爐上的湯鍋水滾了，開始溢出，慶芬回神察覺，匆忙去處理⋯⋯

△ 慶芬把湯鍋放入蔥薑及洗好的魚塊⋯⋯

△ 慶芬把火關小，開始準備三明治⋯⋯

慶芬 OS：也就是說，這些蔥、薑、鍋子、魚⋯⋯根本不存在，全都只是我們的「念頭」而已⋯⋯

△ 慶芬的動作突然一頓，看向燉著魚湯的鍋子⋯⋯

慶芬：啊⋯⋯她不吃魚⋯⋯

△ 慶芬沮喪著⋯⋯

慶芬 OS：（笑）到底是量子力學瘋了？還是我瘋了？

場次	5	時間	**日**	場景	**普通病房**
人物	**瑞之、慶芬、何媽、看護（阿姨型）**				

△ 何媽插著氧氣管，蒼白的臉上嘴巴歪著，不太舒服的睡在病床上⋯⋯

△ 剛抵達病房的慶芬拿著一堆東西，站在病床前看著何媽，她把視線轉

向瑞之……

△ 瑞之睡在看護床上，連眼鏡都忘了摘下……

△ 這時何媽醒了，中風的她吃力的發出聲音……

△ 慶芬察覺，趕緊放下手中幫何媽燉的雞湯、瑞之的早餐、襯衫、自己上班的包包，趨前低聲詢問（怕吵醒瑞之）……

慶芬：媽你要什麼？

△ 何媽啊啊喔喔，以可以活動的手比劃著……

慶芬：喝水嗎？

△ 何媽吃力的點頭……

△ 慶芬拿著一旁的水、吸管，幫何媽餵水……

△ 瑞之其實醒了，卻沒動，張著眼傾聽著慶芬餵水、何媽嗆到，慶芬趕緊幫何媽拍著背……瑞之這才霍地起身，走去病床尾，按著何媽病床的按鈕，讓何媽上身傾起……

△ 慶芬看向他，歉然的解釋……

慶芬：我怕吵醒你所以……

△ 瑞之沒說話，弄完病床就兀自去開了衣櫥、拿出自己的襯衫西裝褲走向廁所……

△ 手足無措的慶芬只能乾晾在一旁……突然想到，嚷著……

慶芬：我幫你帶乾淨襯衫來了！

△ 慶芬趕緊把乾淨衣服交給瑞之……

瑞之：（冷漠的）謝謝。

慶芬：要不要今晚換我陪媽？

瑞之：不用。她是我媽。

△ 瑞之進了浴室，關門的聲音，有如慶芬心臟被重擊一般……

慶芬 OS：沒事的，只是意識的震動而已……

△ 看護來了……

看護：早安。

△ 慶芬趕緊收起情緒，禮貌的應道……

慶芬：早安。

看護：何媽媽！昨天睡得好嗎？

場次	6	時間	**日**	場景	**醫院 - 停車場**
人物	**瑞之、慶芬**				

△瑞之正要上車，慶芬拿著幫瑞之做的早餐在後頭追著……

慶芬：何瑞之！

△瑞之其實聽到了吧，但他依舊關上車門，發動……

△慶芬停下腳步，目送著瑞之開車離去……

△慶芬兀自愣然，她看向自己手上的三明治……

慶芬 OS：沒事的，一切有為法，都是夢幻泡影……

場次	7	時間	**日**	場景	**街道 - 公車上**
人物	**慶芬、司機、環境人物**				

△手機螢幕是 Google 顯示的「宇宙大意識」資料……

△慶芬木然的在公車上吃著那個三明治、看著手機……

慶芬 OS：忘了放鹽的荷包蛋，也只是泡影。

△突然司機的廣播傳來……

司機（畫外音）：欸太太，公車上不能吃東西喔。

△慶芬回神，發現了眾人的目光，趕緊狼狽的收起了三明治……

△下一場主管發飆的聲音先 in……

主管（畫外音）：怎麼會犯這種低級錯誤啊？

場次	8	時間	**日**	場景	**辦公室 - 慶芬座位**
人物	**慶芬、主管（男）、環境人物**				

△慶芬站著聽主管的訓斥，有點麻木——

△主管一臉激動、口沫橫飛……

主管：只有你婆婆生病嗎？我也是上面有老的、下面有小的啊！誰不是每天

　　累得跟狗一樣？我還要替你們擦屁股、扛業績 ?!

慶芬 OS：嗆到……嗆到……嗆到……

主管：用心一點嘛！不要每天上班就是為了等下班嘛！

　△ 主管轉身離去邊嘟囔著……

　△ 慶芬目送著始終安好、沒有嗆到的主管……

慶芬 OS：（笑）看來我的意識比起我本人，善良多了。

場次	9	時間		場景	**特效**

　△ Rebecca 社群的 PO 文

　　這是果嗎？還是因呢？

場次	10	時間	**日**	場景	**車馬水龍的街道／Uber**
人物	Rebecca				

　△ 重感冒 Rebecca 匆匆下了 Uber，邊激動的講著手機……

Rebecca：大眾對於你的精神狀況有許多傳言，請問你是否有去精神科就診的想法——這一題有在訪綱上嗎 ?! 你們家記者在幹嘛？

場次	11	時間	**日**	場景	**影展工作室 - Tommy 辦公室**
人物	Rebecca、Tommy				

　△ Rebecca 虛弱的坐在 Tommy 的對面，擤著鼻涕、喝著熱開水，聽著 Tommy 講電話……

Tommy：（日文）嗨……嗨……真的非常抱歉……嗨……嗨……嗨。

　△ Tommy 掛上了電話，無奈的看著 Rebecca……

　△ Rebecca 懂了答案，非常懊惱……

Rebecca：……電訪的時候我應該在旁邊盯著的。

Tommy：先去看你的重感冒啦。

Rebecca：沒有 Una 那開幕記者會怎麼辦？

△ Tommy 苦笑，嘆氣……

Tommy：Christine 的贊助也沒了……

△ Rebecca 意外著……

△ Tommy 念頭一動，看向 Rebecca 曖昧的說道……

Tommy：欸，聽說何瑞之升官了，可不可以幫我打個電話啊？

場次	12	時間	夜	場景	Rebecca 家
人物	Rebecca				

△ Rebecca 看著手機，遲疑著……

△ 特寫手機螢幕：通訊錄停在有「何瑞之」的頁面……

△ 手機螢幕黑去……

場次	13	時間	日	場景	Rebecca 家公寓樓下大門外
人物	瑞之、Rebecca、司機				

△ 回憶……

△ 公寓門口，一輛計程車正在等待。Rebecca 提著一個大行李箱走了出來……司機下車幫 Rebecca 放行李之際，Rebecca 發現了站在對面的瑞之……

△ 瑞之只是看著 Rebecca……

△ Rebecca 沒有反應，倔強的上了車……

△ 計程車離去……

△ 瑞之目送著……

△ 但，計程車又停了下來，Rebecca 下了車，她走向瑞之，隔著一段距離停下，看著瑞之……

△ 瑞之沉默著，只是看著 Rebecca……

△ Rebecca 平靜的開始說道……

Rebecca：（你沒有被討厭過吧？）你是她的兒子她遲早會原諒你，可是為什麼我要被討厭一輩子?! 我只是不喜歡甜言蜜語、不喜歡討好巴結、我只是不知道可以說些什麼或有什麼好說的，可是為什麼從小到大、從我家到學校到公司都……被討厭真的很討厭！所以不要那麼自私好不好?!

△ Rebecca 說完掉頭離去……

△ 瑞之思索著 Rebecca 口中的「自私」……

場次	14	時間	日	場景	Rebecca 的辦公區
人物	Rebecca、向立				

△ 手機螢幕上顯示著「何瑞之」多年前最後發來的一個訊息：

好

△ 停頓一會兒後，此刻頁面，輸入了：

何媽媽還好嗎？

△ 輸入停頓在此，掙扎著是否送出……

△ 這時，傳來向立的聲音……

向立（畫外音）：欸……

△ Rebecca 看著手機沒有動作……

△ 門邊的向立繼續說道……

向立：你上次說要幫日子節的設計師做點什麼的那個，我做了一個架構你要不要看一下？

△ Rebecca 文不對題的回道……

Rebecca：你是來救我的對吧？

向立：（沒聽懂）蛤？

△ Rebecca 好似終於清醒一般的放下了手機、看向向立，很誠摯的說

了……

Rebecca：謝謝。

△ 向立有點狐疑，以為 Rebecca 是在說幫忙日子節的事，於是略尷尬的應著……

向立：喔……不會啦。你……你……今天幹嘛那麼客氣啊？

△ Rebecca 起身，往向立走去，笑了笑……

Rebecca：因為你今天很帥啊。

△ Rebecca 說完與向立錯身往向立的工作空間走去……

△ 向立突然有一陣異樣的感覺，緩了一拍才轉身，又忍不住對著玻璃照了照自己……

場次	**15**	時間	**昏**	場景	**某客戶處**
人物	**慶芬、客戶（女）**				

△ 桌上放著一盒甜甜圈。

△ 慶芬歉然笑著，邊攤開了投保的文件邊說明著……

慶芬：結果我就不小心多寫了一個零啦，唉呦年紀大了真是……不好意思啦……

△ 客戶勉強的笑笑……

△ 客戶：差點賺到了。

△ 慶芬笑著……

慶芬：甜甜圈都是補給你的零啦。鉛筆圈起來的地方簽名就好，最後這邊要麻煩簽名蓋章。

客戶：以防萬一，我再看一下好了。

慶芬：沒問題沒問題。

△ 客戶看著保單……

△ 慶芬趁機偷偷看了手機上的時間……然後開始發訊息……

△ 手機螢幕正在輸入訊息，給「兒子」——

會晚點，在門口等我一下。

△ 慶芬放下手機，含笑等著客戶……

場次	16	時間	夜	場景	學校門口
人物	慶芬				

△ 慶芬在校門口匆忙的下了計程車，四處張望卻找不到布布……

△ 慶芬有點緊張、拿出手機撥打……

慶芬：你在哪？

△ 下一場布布的聲音先 in……

布布（畫外音）：所以我就打電話給把拔……

場次	17	時間	夜	場景	慶芬家
人物	慶芬、布布、瑞之				

△ 剛進門的慶芬站在門邊不遠處、東西都還沒放下，看著正在餐桌吃麥當勞的布布，不悅的說道……

慶芬：不是跟你說把拔最近很忙不要吵他嗎？

布布：是老師叫我打的，因為老師說我在發燒……

△ 慶芬聞言有點自責，放下東西走去摸著布布的額頭，然後走去櫥櫃前，翻著藥品……

慶芬：我幫你泡個感冒熱飲，喝完以後去洗澡睡覺，功課明天早點起床再寫。

布布：那個很難喝耶。

慶芬：明明就是維他命 C 而已，酸酸甜甜的。

△ 慶芬拿著藥走到廚房……

△ 這時洗完澡的瑞之提著一個小行囊走了出來……

布布：拔你又要去陪奶奶喔？

△ 瑞之摸了摸布布的頭……

瑞之：乖乖把自己照顧好，不要讓把拔操心。

布布：我知道。

△瑞之往外走去⋯⋯

△慶芬攪拌著感冒熱飲，趕緊從廚房出來對瑞之說道——

慶芬：你吃了沒？

△瑞之沒回應，逕自往玄關⋯⋯

△慶芬有點不悅、提高音量⋯⋯

慶芬：何瑞之？

△瑞之邊穿著鞋邊說道——

瑞之：我自己會照顧自己，麻煩你多關心一下布布！

△瑞之的語氣明顯帶著責備，說完就離去了⋯⋯

△慶芬隱忍著、目送著、想起了⋯⋯

場次	18	時間	**日**	場景	**辦公室**
人物	**慶芬、瑞之、業務部同事阿昆、其他環境人物**				

△慶芬捧了兩個剛熱好的便當從茶水間走出，一路走回座位，她把一個便當放在瑞之面前⋯⋯

△瑞之微愕⋯⋯

△一旁的慶芬邊入座邊滿臉笑容的說著⋯⋯

慶芬：昨天試做了何媽媽教我的三杯雞。

瑞之：我跟興太的汪主任約了吃午飯。欸阿昆！

阿昆：嗯？

瑞之：還沒吃午飯吧？

△瑞之把面前的便當交給了剛好經過的阿昆⋯⋯

瑞之：慶芬做的。

阿昆：這麼好？

△瑞之同時拿起車鑰匙跟資料起身離去——

△慶芬尷尬著⋯⋯

場次	19	時間	日	場景	街道
人物	慶芬、阿昆				

△慶芬興奮的拉著出差的行李在路邊等著……

△一輛車子在她面前停下，慶芬有點詫異……

△車窗搖下，阿昆說道……

阿昆：拍謝遲到了。

△慶芬疑惑的在後車廂放了行李後，邊上車邊說……

慶芬：組長不是說他自己要下去？

阿昆：我不知道啊，昨天晚上就突然說要我去。

△慶芬尷尬的笑笑，關上車門——

△緊接下一場的車門開啟——

場次	20	時間	夜	場景	住家附近停車格
人物	瑞之、慶芬				

△車門猛的被打開了，駕駛座上的瑞之錯愕的看去——

慶芬：你憑什麼這種態度?!

△是慶芬！她隱忍著淚水、一臉怒氣的看著瑞之說道——

慶芬：憑什麼覺得一切都是我的錯？我做錯了什麼？房子不是你買的嗎？如果你不想搬出來那你買房子幹嘛?!

△瑞之冷冷的應道……

瑞之：我很累不想——（被打斷）

慶芬：（衝口，吼）如果當初你娶的是張怡靜呢?!

△瑞之怔忡——

△忍著淚水的慶芬用力的摔上車門，掉頭離去——

△怔在車上的瑞之，漸漸有點自責，他看著照後鏡……

△照後鏡裡，慶芬離去的背影越來越遠……

△下一場總經理的聲音先in……

總經理（畫外音）：我大概聽說了一點你跟 Rebecca 的事。

場次	21	時間	**日**	場景	**辦公室 - 總經理辦公室**
人物	**瑞之、總經理**				

△ 總經理在文件上簽了字，邊蓋上鋼筆蓋邊說道——

總經理：我就是擔心會有這種結果。好不容易培育的人才，好不容易工作上手了……

△ 總經理苦笑著抬起頭看著坐在對面的瑞之……

總經理：所以公司不能再失去你。

△ 瑞之沉默著……

總經理：剛好我想開拓一下上海的業務，你有興趣嗎？

△ 瑞之有點詫異……

△ 總經理語重心長的說道……

總經理：時間會讓很多事情都過去的。

△ 瑞之懂得總經理話中的意義，他看著總經理陷入了思索……

場次	22	時間	**日**	場景	**瑞之老家 - 瑞之房**
人物	**瑞之、何媽**				

△ 瑞之正在打包去上海的行李……

△ 何媽媽拿了些藥進來、邊解釋著……

何媽：這是感冒藥，這胃藥，這罐正露丸脹氣拉肚子都可以吃，別跟降火氣的苦茶丸搞錯了！

瑞之：塞不下了。

何媽：就這麼一點東西怎麼會塞不下 ?!

△ 何媽說著就去幫著瑞之調整行李，瑞之讓開……

△ 這時門鈴響了……

場次	23	時間	**日**	場景	**瑞之老家 - 大門**
人物	**慶芬、瑞之、何媽**				

△瑞之開了門——

△門外是拉著一個登機箱、揹著一袋行囊的慶芬，她一臉笑容……

慶芬：你還沒去機場？

△慶芬說著就把行李拉了進來……

△瑞之一臉不解……

何媽（畫外音）：是不是慶芬啊？

△這時何媽媽從瑞之房間出來……

慶芬：何媽媽！

△何媽媽開心的笑著，有意圖的讚美著慶芬給瑞之聽……

何媽：慶芬這孩子真是貼心，非說要搬來陪我。

慶芬：這樣組長就可以安心工作啦。

△瑞之不知該說什麼，只是看著何媽媽開心的招呼慶芬……

何媽：慶芬你睡這間好不好？床單我昨天剛換的、窗也都擦了……

慶芬：唉喲我自己整理就好啦，你腰不舒服幹嘛還要幫我弄……

△瑞之只能接受一切……

場次	24	時間	**夜**	場景	**病房**
人物	**瑞之、何媽**				

△瑞之想到這裡，無奈的苦笑了笑……他此刻正坐在何媽的病床床沿……

瑞之：好像不管怎樣都是我的錯喔？……你不開心是我的錯，慶芬不開心也是我的錯……張怡靜也……

△瑞之看向何媽……

△瑞之：你知道救你一命的是她嗎？

△而何媽只是沉睡著……

△ 瑞之滿腹說不出的苦……

瑞之：你希望我做的我都做了……到底還要怎麼做？你告訴我好不好？

△ 瑞之努力笑著……

場次	25	時間	**日**	場景	**Co-working space - 向立工作區**
人物	**Rebecca、向立、向立的同事 A、向立的同事 B**				

△ 向立坐在電腦前邊操作邊解釋著，Rebecca 站在向立背後看著……

向立：進去以後是一個完整的攤位地圖，然後只要點任何一個攤位，就可以延伸到這個攤位的設計師的介紹專頁……這樣。

Rebecca：活動結束以後還可以查喜歡的設計師嗎？

向立：不殺掉就可以啊。

Rebecca：好啊！不錯！就這樣！

向立：那你專頁要放哪些東西要快點整理給我。

Rebecca：最遲什麼時候？

向立：週五下班前。

Rebecca：下週一好不好？

向立：三十個攤位欸！是想要我幾天不睡？

△ 這時，向立的同事 A 傳來了驚呼，打斷了向立——

同事 A（畫外音）：欸！霍一劍是誰啊？

△ Rebecca看向同事 A……

同事 A：他演的電影入圍金球獎耶！

△ 向立溜著椅子過去看，同事 B 也滑著椅子湊到同事 A 的電腦前，他們一起看著網路新聞……

向立：什麼電影？

同事 A：「Me and He」，他演一個變性人。

同事 B：啊老演員 Rebecca 一定知道啦！

△ 三人都看向 Rebecca……

Rebecca：你們不知道霍一劍？以前滿紅的啊！後來就因為吸（頓）——

△ Rebecca 突然靈光乍現，她有了一個念頭！於是掉頭就走——

同事 A：嗯？

△ 三人不解目送……

△ 下一場通話中，經紀人的聲音先 in……

彼端（畫外音）：下個月初？

場次	26	時間	日	場景	Rebecca 辦公區
人物	Rebecca				

△ Rebecca 聽著手機……

彼端：現在都月底咧！

Rebecca：我知道現在才談合作有點晚——（被打斷）

彼端：他連明年的檔期都早規劃好了。

Rebecca：我知道他現在一定很忙，但是是不是還有機會撥出兩個時段？只要能配合官宣照和記者會——（被打斷）

彼端：Rebecca！你應該早點來找我的啦！他才剛開拍，這次演一個思覺失調症的患者，（漸淡出）他現在整個人都在角色裡，他那個人那麼完美主義你知道的……

△ Rebecca 知道沒有機會了……

場次	27	時間	夜	場景	Co-working space - 茶水間
人物	Rebecca、向立				

△ Rebecca 意興闌珊的煮著咖啡……

△ 向立走來弄飲料，看了她一眼……

向立：幹嘛悶悶的？

Rebecca：今天一事無成……代言沒找到、贊助沒找到、房子沒找到……

向立：還有明天啊！

Rebecca：到明天我也學不會甜言蜜語、死纏爛打！

△ Rebecca 抬起頭，自我省思的說道……

Rebecca：恭喜啦！拜託啦！幫幫忙啦！……其實我都知道，但是……好累喔，我太不適合這個社會了，真想快點退休。

向立：再撐一下！忙完我帶你去自行車環島好不好？

Rebecca：那不是更累 ?! 帶你女朋友去吧！……對耶，都忘了關心你進展到哪了？

向立：零啊。

Rebecca：太忙了？

向立：（聳聳肩）……而且……好像沒有那麼喜歡了。

Rebecca：你們男人就是這樣。

向立：怎樣？

Rebecca：沒耐性、沒定性、沒魚蝦也好。

向立：我覺得你在性別歧視欸。

△ Rebecca 苦笑了笑……

Rebecca：不是性別歧視，是這樣想才能讓自己以為「沒有輸」。

△ Rebecca 說完露出一個苦笑就轉身離去……

△ 向立目送著……

場次	28	時間	**夜**	場景	**Co-working space - Rebecca 工作區**
人物	**Rebecca、向立**				

△ 向立端著咖啡走到 Rebecca 的工作區，靠著門邊說道……

向立：欸……那你有當過沒魚蝦也好的「蝦」嗎？

△ 正在整理資料的 Rebecca 回道……

Rebecca：Never！……就算不能在一起，我也要做他「心裡的那滴眼淚」。……但是……

向立：什麼？

Rebecca：老了……沒志氣了……壞過了……所以……覺得自己不配了……

△ Rebecca 酸楚的笑著……

△ 向立看著她，一陣奇怪的感覺，突然很心疼、很想抱住她……

場次	29	時間	**夜**	場景	**Rebecca 家大門外**
人物	**Rebecca、向立**				

△ Rebecca 摘下安全帽還給機車上的向立……

Rebecca：謝啦。小心騎車。

△ Rebecca 轉身開著大門——

向立：欸……

△ Rebecca 回頭看著向立……

△ 向立又放棄了……

向立：沒事。

△ Rebecca 知道有事，但不想追問了……

Rebecca：趕快回去熬夜吧！

△ Rebecca 進去了……

△ 向立目送著……

△ 音樂起……

場次	30	時間	**夜**	場景	**街道**
人物	**向立**				

△ 音樂中……

△ 向立騎著機車，Rebecca 的安全帽掛在把手上晃蕩著，有如他的心事……

△ 在一個路口，向立停下機車，拿出手機，開始輸入……

場次	31	時間	**夜**	場景	**Rebecca 家 - 客廳**
人物	Rebecca				

△ 音樂中……

△ 手機螢幕顯示著：

大于（向立）：

其實你比較適合做「心裡的微笑」。

△ Rebecca 看著手機，笑了……

△ 她放下手機，繼續以筆電工作……手機又響了，她看著來電顯示，是——

霍一劍

△ 音樂停下——

△ Rebecca 意外，接起……

Rebecca：嗨，好久不見……

△ Rebecca 聽著彼端，笑了笑……

Rebecca：沒關係，我知道你在趕拍新電影檔期很緊……

△ Rebecca 的神情漸漸呈現了變化……

場次	32	時間	**日**	場景	**影展工作室**
人物	Tommy、**影展工作人員**				

△ Tommy 的手機正開著擴音，他與其他影展夥伴都聚在一起、聽著彼端的 Rebecca 傳來的喜訊……

Rebecca（彼端）：所以如果我們的 schedule 可以稍微調整一下的話，他就可以擔任這次的代言！

Tommy：（激動大喊）真的假的 ?!

△ 影展夥伴也都激動著……

Tommy：（激動）schedule 當然可以——

Rebecca（彼端）：還有還有先聽我說完啦，因為他最近剛簽了一個代言，是一個珍珠飾品的品牌，跟我們這次的主題剛好很吻合，所以記者會的伴手禮——（被打斷）

△ Tommy 來不及等 Rebecca 說完已經激動得驚呼著……

Tommy：Oh my god～～Rebecca 我愛你～～

△影展工作人員也都激動嚷著……

工作人員：我們都愛你～～

場次	33	時間	日	場景	拍攝現場 - 褓母車上
人物	Rebecca、霍一劍（著戲服）／劇組（車外工作著）				

△劇組正在換場……

Rebecca（畫外音）：謝謝，真的。

△停在不遠處的保母車上，Rebecca 一臉誠摯，看著一旁的霍一劍，有點激動、語無倫次……

Rebecca：現在來找你蹭熱度的人一定很多……我還這麼臨時……

△ Rebecca 一臉慚愧的臉紅……

△霍一劍笑看著她……

Rebecca：事實上是……因為我之前出了一點差錯，所以才……總之，真的非常謝謝你。

霍一劍：欸，你怎麼還這麼少女？

△ Rebecca 笑出……

Rebecca：老了還少女是幼稚吧 ?!

霍一劍：是真誠。

△霍一劍笑了笑後說道……

霍一劍：謝謝你給我機會謝謝你。

△ Rebecca 一臉困惑……

霍一劍：我出事那次，聽說你們公司之所以沒跟我解約都是因為你。

△ Rebecca 詫異……

Rebecca：你聽誰說的？

霍一劍：你老闆啊，是不是叫 Christine？

△ Rebecca 超級意外……

霍一劍：有次在朋友的 party 上遇到，我跟她問起你，說我其實一度很想追你，可惜那時候你有男朋友……她就跟我說你分手了、離職了，以及你在會議室給她難堪的壯舉。

△ Rebecca 詫異的笑了，感慨著……

Rebecca：……Christine……原來是……Christine……

△ Rebecca 感觸萬千……

霍一劍：所以你還沒結婚？

Rebecca：（苦笑）沒。

霍一劍：哇，我也還沒離婚，而且很愛我老婆。

△ Rebecca 又被逗笑了，接著很真摯的說道……

Rebecca：真的很替你高興……你值得現在的一切。

△ 霍一劍瞅著 Rebecca，伸出手……Rebecca 笑笑，用力握上……

霍一劍：謝謝你在大家都踢我一腳的時候你拉了我一把，那一把……很重要。

△ Rebecca 欣慰著……

場次	34	時間		場景	**特效畫面**

△「Rebecca．張」的臉書首頁，已經輸入了——

「他心裡的微笑」

△ 一會兒之後，在「　」的後面彈出了……

，好喜歡這個角色。

場次	35	時間	**日**	場景	**公車上**
人物	**慶芬、環境人物**				

△慶芬看著手機裡 Rebecca 的發文，簡直就像一記耳光諷刺著自己，心裡升起的一陣嫉妒讓她失去理智，忍不住在留言處輸入文字

△特寫手機螢幕

他是何瑞之ㄇㄚ

△才輪到這裡，就被手機螢幕上彈出「一家之主」傳來的訊息打斷了……

瑞之 OS：抱歉。其實我是在為自責找出口，謝謝你罵醒我。PS 不要胡思亂想。

△慶芬看著訊息，紅了眼睛，她放下手機，望著車窗外，卻止不住哽咽……

場次	36	時間	**日**	場景	**影展記者會場外資料處**
人物	**Rebecca、影展工作人員 2-3 人、女記者、男記者、眾多記者、攝影師（含平面、電子）**				

△Rebecca 忙碌的在記者會場外招呼記者、遞送資料……

△Rebecca 拿了一份資料給一位剛到的男記者，男記者同時抱怨著……

男記者：今天記者會超多！我是為了霍一劍才殺過來的，連飯都沒吃！

Rebecca：知道你們要趕場，裡面有點心 bar！

男記者：這麼好 ?!

△男記者進場後，一個女記者又從場內衝出來……

女記者：欸 Rebecca！怎麼辦我老闆說她想看 Una 那部，可是我不想把我的票讓給她！

Rebecca：那部一開賣就秒殺了，（低聲）我想想辦法。

女記者：謝謝～～兩張可不可以 ?!

Rebecca：好啦！

△ Rebecca 趕緊把女記者送進場，門邊女記者又補了一句——

女記者：忘了跟你說，衣服好好看。

△ Rebecca 笑笑，又繼續招呼其他記者，一個剛領了伴手禮的記者嚷著……

某記者：Rebecca 你們影展是多有錢啊 ?! 每個人都一顆珍珠嗎？

場次	37	時間	**夜**	場景	**記者會場**
人物	Rebecca、Tommy、**影展工作人員**				

△ 記者會已經結束，影展工作人員正開心的舉杯……

Tommy 與工作人員：謝謝 Rebecca～～

△ Rebecca 笑了笑，說道……

Rebecca：我也要謝謝 Rebecca！……十二年前的那個 Rebecca！

△ Rebecca 笑了，想起了十二年前……

△ 音樂起……

場次	38	時間	**夜**	場景	**虛無的空間（房間）**
人物	Rebecca／**外國男子數人**				

△ 音樂中……

△ 暗黑的空間裡……

Rebecca（**畫外音**）：**因為她做了一個不可以後悔的決定，所以我曾經比任何討厭她的人都還要討厭她……**

△ Rebecca 與一個金髮老外熱吻著進入畫面……

△ Rebecca 摔上床，撲向她的變成了一個亞裔男子……

△ Rebecca 幫著脫下男子的衣服，脫去上衣的男子又變成了另一個褐髮老外……

△ Rebecca 從床上起身欲走，床上的另一個男子拉住她的手，Rebecca 沒有眷戀的抽出自己的手……

Rebecca（**畫外音**）：**然後她就壞掉了……**

場次	39	時間	**夜**	場景	**異國巷弄**
人物	**Rebecca／總經理、外國中年男女數人**				

△ Rebecca 兀自孤寂的走在寒冷的歐洲巷弄⋯⋯

△ Rebecca 的手機傳來了訊息聲⋯⋯

△ Rebecca 拿出手機查看的時候，在她前方的一間餐酒館，走出了一群友人，互相親吻話別⋯⋯

△ 看著手機的 Rebecca 愣住了⋯⋯

△ 特寫手機螢幕：

【行銷部群組】

薇薇安：

聽說簡慶芬跟何瑞之同居了？

不是說公司不能談戀愛嗎？

△ Rebecca 不敢置信的看著手機，不知道是因為冷還是當頭棒喝的訊息，她臉色蒼白的顫抖著，接著又傳來一個訊息聲⋯⋯

△ 手機螢幕出現：

【行銷部群組】

薇薇安：

不好意思傳錯群組了

△ 好一會兒，手機操作後，螢幕出現了⋯⋯

你已退出群組

△ Rebecca 操作完手機，還是怔在那裡⋯⋯

△ 這時傳來了

總經理（畫外音）：Rebecca？

△ Rebecca 抬頭看去……

△ 總經理驚喜的笑了……

總經理：真的是你 ?!

△ Rebecca 的眼眶卻紅了，因為在最脆弱的時候看見了希望……

場次	40	時間	**夜**	場景	**餐廳**
人物	**Rebecca、向立、向立同事 A、B**				

△ Rebecca 喃喃說道……

Rebecca：（喃喃）沒想到十二年後救我一把的，竟然是她！（因、果）

向立：什麼？

Rebecca：嗯？

向立：你剛在說什麼？

Rebecca：我有說話嗎？

同事 A（畫外音）：Rebecca……

△ Rebecca 看去……

△ 原來 Rebecca 跟向立、還有向立的兩個同事在餐廳裡，他們坐著一張小圓桌，眾人都正看著 menu……

同事 A：我可以點那個……蒜蓉蒸大明蝦嗎？

△ Rebecca 正要說話，向立卻先聲奪人了……

向立：不可以！

Rebecca：本來就是要謝謝你們的為什麼不可以？

向立：兩千多耶！忘了你還要養老嗎 ?!

同事 B：放心啦！Rebecca 耶！就是該配個億萬富翁啦！

同事 A：那一人一隻囉！

向立：我不要！

Rebecca：那就三隻，（看向立）我那隻你幫我吃。

向立：這樣你怎麼存的到一千萬？

△ Rebecca 笑笑，摸了摸向立的頭，一種謝謝你替我擔心的意思……

Rebecca：因為我想通了，房租根本就是在幫人家繳貸款，那我幹嘛不幫自己繳就好 ?!

△ Rebecca 沒有留意，被她摸頭的向立整個耳根泛紅……

場次	41	時間	**夜**	場景	**街道**
人物	Rebecca、**向立**				

△ 向立載著 Rebecca 在街道奔馳著……

Rebecca（畫外音）：所以我決定買個房子，小一點也無所謂，至少不會流浪街頭，再幫自己買一個養老保險……然後就再努力一下，到六十歲再退休！

場次	42	時間	**夜**	場景	Rebecca **家公寓門外**
人物	Rebecca、**向立**				

△ Rebecca 把安全帽交給向立，向立追問著……

向立：那戀愛呢？不談啦？

Rebecca：談啊。來了就談。如果覺得相處得不錯，是可以一起作伴的那種……（笑）他還可以幫我付一半的房貸。很務實吧？

向立：最好是年紀還比你小，這樣你老了他還可以照顧你。

△ Rebecca 開著玩笑……

Rebecca：你不會是在毛遂自薦？

△ 向立不好意思看 Rebecca，故作淡然的說道……

向立：這個人選不錯吧？

△ Rebecca 含笑打量著向立說道……

Rebecca：你知道很多愛情悲劇都是從兩隻互相取暖的蝦開始的嗎？

向立：很多魚的戀愛也都很慘啊。

△ Rebecca 笑了……

Rebecca：我五十歲的時候可能滿臉皺紋，跟人家介紹我是你女朋友會很尷尬吧？

向立：不是可以打肉毒什麼的？

Rebecca：萬一你又遇到年輕貌美的把我甩了，我也太慘了吧？

向立：你有保險啊，還多談了一次戀愛，是賺到吧！

△ Rebecca 大笑……

Rebecca：你說服我了耶。

向立：那要談嗎？

△ Rebecca 一臉挑釁……

Rebecca：好啊。等我買了保險就來談。

向立：所以現在是「預備」，你買保險以後就「起」！

△ 兩人大笑起來……

Rebecca：小心騎車！

△ Rebecca 說完就轉身上樓去了……

場次	43	時間	**夜**	場景	Rebecca 家 - **客廳**
人物	Rebecca				

△ Rebecca 才剛進門就收到訊息……

△ 她拿出手機看著……

△ 特寫手機螢幕，是向立傳來的

那你什麼時候買保險

△ Rebecca 放下包包、拿著手機走向陽台……

場次	44	時間	**夜**	場景	Rebecca 家 - **陽台連公寓門外**
人物	Rebecca／**向立**				

△ Rebecca 含笑看著樓下……

△ 果然向立還在，正抬起頭看著她……
△ Rebecca 在手機輸入

你以為說買就買？
還要先健康檢查啦！

△ 向立收到訊息後，輸入著

那明天就去檢查。

△ Rebecca 收到訊息後，輸入著

等我忙

△ Rebecca 還沒有輸入完，又收到了向立的訊息

後天

△ 接著又收到一個

最慢大後天

△ Rebecca 的笑容有點不自在了，她看著樓下的向立……
△ 向立看著她……
△ Rebecca 感覺到向立的認真……
△ 向立知道 Rebecca 知道自己是認真的……
△ Rebecca 再次輸入

真的假的你？

△ Rebecca 收到了向立的回覆……

真的。

△ 訊息，可能需搭配 OS……

△ Rebecca 的笑容消失了，再次看向向立……

△ 向立深深的看了 Rebecca 一眼，發動了車子，離去……

△ Rebecca 一陣怦然的感覺……她感覺到自己在笑，詫異著……

Rebecca：（喃喃）糟了你……

場次	45	時間	日	場景	醫院 - 普通病房
人物	慶芬、何媽				

△ 幾份安養、養護中心的簡介……

△ 慶芬穿著上班的套裝，站在病床旁的邊櫃前看著……

△ 慶芬察覺異狀，看去……

△ 是何媽的手，碰到了她……

△ 慶芬緩緩看向何媽……

△ 何媽醒了，她看著慶芬，眼角正滑下淚水，吃力著……

何媽：回家……回家……

△ 慶芬看著何媽，內心開始瓦解，她紅著眼睛喃喃著……

慶芬：……不要這樣……拜託不要……

△ 音樂起……

場次	46	時間	日	場景	公車站
人物	慶芬、環境人物				

△ 音樂中……

△ 慶芬站在街道中島的公車站，怔怔的等著公車……

△ 公車來了，遮去了慶芬……

場次	47	時間	日	場景	高級餐廳
人物	慶芬、環境人物				

△ 音樂中……

△ 慶芬剪了頭髮、穿著本集 37 場 Rebecca 那套衣服，一個人吃著精美的食物……

場次	48	時間	日	場景	電影院 - 售票口
人物	慶芬、售票員、環境人物				

△ 音樂停下……

△ 慶芬在影廳的售票口排隊，輪到她了，她對售票人員說……

慶芬：有沒有哪部喜劇馬上就開演的？

△ 音樂結束……

場次	49	時間	日	場景	電影院 - 放映影廳前
人物	Rebecca、女記者、很多的觀影人				

△ 準備進場的觀影人群後，Rebecca 踮起腳招著手……

Rebecca：亞晴！這裡！

△ 遠處的女記者回應道——

女記者：等我一下！好急！

△ 女記者指了指洗手間就趕緊鑽了進去……

場次	50	時間	日	場景	電影院 - 洗手間
人物	慶芬、女記者、環境人物				

△ 女記者上完廁所走向洗手台，她看見一個背影，穿著記者會那天 Rebecca 的那套衣服，她誤以為是 Rebecca，趨前在那個背影的旁邊、

邊洗手邊開心的說……

女記者：欸我長官超開心的，說要幫你們做一個特別——

△洗著手的慶芬納悶的抬起頭看向女記者……

△女記者發現自己認錯人了，尷尬笑著解釋……

女記者：不好意思我認錯人了，因為她那個……剛好也有這件衣服，不好意思……

△女記者趕緊逃出洗手間……

△慶芬沒有多想，拿起了爆米花和可樂時，卻頓住了——「一樣的衣服」……會不會是 Rebecca？

△慶芬突然追了出去……

場次	51	時間	**日**	場景	**電影院 - 影廳外走道區**
人物	**慶芬、眾多的環境人物、Rebecca**				

△慶芬從洗手間衝出，在人群裡搜索著 Rebecca……

△她急切的尋找著，手中的爆米花灑落……

△不知道為什麼，此時此刻的慶芬真的好想、好想，見 Rebecca 一面……

△一個遠遠的背影，似乎穿著與她一樣的衣服……

△慶芬朝那個背影而去，突然手中的可樂被撞在身上，灑了一身——

△畫面黑，黑畫面裡繼續著聲音……

路人（畫外音）：對不起對不起……有沒有面紙……（淡出）

場次	52	時間	**日**	場景	**醫院 - 普通病房**
人物	**慶芬、瑞之、何媽**				

△瑞之剛盥洗完、拿著毛巾走出廁所就一愣……

△慶芬正在整理看護床……

△ 瑞之邊把毛巾晾在衣櫥把手上，邊說道……

瑞之：我自己弄就好。

△ 慶芬沒有回頭，冷淡的說著……

慶芬：出院手續辦好了。

瑞之：你——（被打斷）

慶芬：我辭職了。

△ 詫異的瑞之，動作一頓，他看向慶芬……

△ 慶芬拿起了收拾好的行囊往外走去……

△ 瑞之一臉意外，但也隱隱的自責著……

慶芬 OS：因為意識的震動，我成為了何瑞之的太太、我做了盡責的媳婦，但我有一個問題，誰可以回答我？……在何瑞之的意識裡，他愛過我嗎？

待續……

全劇八集，結局是在一開始就已經設定好了（這也很像量子力學所說的：人生的劇本早已確定。有興趣的觀者可以去瞭解一下。），到了第六集，情節已過2/3，故事要逐漸朝著結局收攏。

編劇的視角很上帝。

你筆下的角色命運、所有錯綜複雜的脈絡，都掌握在你的安排之下。但是在書寫內容的時候，你又必須降落，與你的角色平行，讓自己回到角色對前方無知的心境。

譬如第六集裡的慶芬，讓很多人覺得心酸——這是在設計好情節後就同時設定的目標（高我）。但要如何達到？除了技巧，我認為最重要的是：編劇必須在書寫時與角色同步、一起進入他的狀態（小我），絕不能同情角色，因為那是「客觀視角」。

也就是說，我在書寫的時候，是不能以「慶芬很可憐」的觀點去書寫，因為那樣製造出來的感動，是肉麻的。我必須和慶芬一起照顧何媽媽、經歷何媽媽闖禍的那個夜晚、和她一起洗了一夜的床單、衣服，我要和她一起憤怒、一起崩潰……我要懂得她那想毀了一切的心境，又要和她一起糊塗。

編劇必須是上帝（創造劇情），也必須和角色同在（經歷命運）。

第六集

場次	1	時間	**夜**	場景	**某景點**
人物	Rebecca、**瑞之**				

△ 瑞之的車子停下，他下了車，看著前方的目標，走了過去……

△ 是 Rebecca 等在那裡。她以視線迎接瑞之……

△ 瑞之隔著一段距離就停下腳步，略尷尬的笑了笑……

△ Rebecca 也笑了笑……

△ 一陣千言萬語的沉默後，瑞之才開了口……

瑞之：好嗎？

△ Rebecca 笑笑、聳聳肩，沒正面作答……

Rebecca：何媽媽還好嗎？

△ 瑞之點了點頭，誠摯看著 Rebecca、說道……

瑞之：謝謝你。

Rebecca：只是突然發現那串鑰匙不知道該怎麼處理所以……

△ 瑞之瞭解的笑笑……

Rebecca：你好嗎？

瑞之：就這樣啊，努力去滿足所有愛我的人。

Rebecca：很棒啊，能者多勞嘛。

△ 瑞之笑開，是幹嘛酸我的況味，一陣感觸後說道……

瑞之：跟我分手是對的。

△ Rebecca 也笑開了……

Rebecca：幾百年前的事了還在記恨！

瑞之：我是說……

△ 瑞之深深的看向 Rebecca……

瑞之：這樣你才會是我心裡永遠的微笑。

△ Rebecca 也感慨的看著瑞之……

△ 下一場鬧鐘聲先 in……

場次	2	時間	**日**	場景	**慶芬家 - 臥室**
人物	**慶芬、瑞之**				

△ 鬧鐘聲繼續……

△ 慶芬緩緩的張開眼睛，想著剛才的夢境……

慶芬 OS：我的意識，比我早醒。

△ 慶芬按下了鬧鐘……

場次	3	時間	**日**	場景	**慶芬家 - 客廳**
人物	**慶芬**				

△ 窗簾拉開後，揭開了新的一天……

慶芬 OS：意識到底是從哪來的你想過嗎？……佛家「八識」的理論是這樣解釋的——在我們一路成長的過程裡，儲存了許多經驗值，每當我們的眼、耳、鼻、舌、身接收到訊息，就會送往經驗值的儲存區，在那裡做出分析、比較、判斷，最終產生了「我的意識」。

△ 看起來疲憊又操勞的慶芬站在窗前，對於新的一天沒有期待，只是——它畢竟來了。

△ 紗窗上停著一隻飛蛾的屍體……

△ 慶芬看著牠，感觸著……

慶芬 OS：所以，當我看到「Rebecca 是某人心裡的微笑」，卻產生了「會不會是何瑞之」的這個意識……那麼，究竟在我的經驗值裡存檔了些什麼呢？

場次	4	時間	**日**	場景	**慶芬家 - 客廳**
人物	**慶芬、何媽**				

△客廳裡，原本的沙發、茶几，都被塞到角落。客廳中央多了一個五斗櫃，上面堆放了藥物、血壓機、水杯等等看護用的東西

△五斗櫃旁是一張病床，何媽躺在上面……

△面無表情的慶芬幫何媽擦臉、清牙齒，很嚴謹的、隱忍的、必須的……

慶芬 OS：一，……要是沒有這位超級隊友的助攻，我不會贏。

場次	5	時間	**夜**	場景	**瑞之老家 - 客廳**
人物	**慶芬、何媽／瑞之**				

△回憶——

△何媽拿著平板電腦走進畫面，她正一臉開心的在跟瑞之視訊……

何媽：慶芬啦！非要帶我去看電影所以沒接到。

△螢幕裡的瑞之心情似乎已經好多了……

瑞之：這麼好還去看電影 ?!

何媽：（掩不住的笑容）看了半天也沒看懂。……還要戴那個 3D 眼鏡，雪花都飛到我臉上跟真的一樣！

△雖然看不懂，但何媽明顯是開心的……

△慶芬從廚房探出頭來問著……

慶芬：何媽你幫我問他估價單收到了嗎？

何媽：你自己來跟他說！

△慶芬邊擦著手邊來到何媽旁邊，何媽把平板遞給慶芬走了開來，以製造兩人聊天的機會……

慶芬：欸你估價單收到了嗎？

瑞之：收到了。謝謝。

慶芬：那你知道 Morgan 被挖角的事嗎？

△瑞之有點意外……

瑞之：難怪，他本來要來上海簽約臨時取消。

慶芬：聽說薪水三級跳！

瑞之：應該是放話吧，我猜是因為總經理沒慰留。

慶芬：我也覺得。欸，大家都說一定是你接他的位子耶，所以你應該很快就會被調回來囉。

瑞之：（無所謂的）是嗎。

慶芬：還是……你想待上海？

△慶芬問的試探……

瑞之：遲早要回去的，不然我媽怎麼辦？……反正阿昆想留在上海，他交了一個上海女朋友。

△有點擔憂瑞之會不會也有上海女友的慶芬故作興奮狀……

慶芬：是喔?!聽起來你們在那邊過得很爽喔！

△瑞之苦笑……

瑞之：爽什麼？你來試試看！

△慶芬略放心了……

慶芬：好啦！趕快回來啦！我都已經被何媽媽養胖三公斤了！

慶芬 OS：二，我的付出、我的努力、我的步步為營，得到的只是感謝。

場次	6	時間	日	場景	街道 - 車上
人物	慶芬、瑞之				

△回憶——

△瑞之返台，來接他的慶芬，駕駛著瑞之的車，顯得非常開心，一路說著話……

慶芬：開車比較方便嘛，可以載何媽去市場啊還是去醫院拿藥什麼的。……路考的時候我緊張個半死，握方向盤的手都在發抖……欸而且我每天都有幫它暖車喔，我哥說這樣車子比較不會壞……

△副駕的瑞之含笑聽著慶芬的話，誠摯的說道……

瑞之：謝謝。真的。

慶芬：不要醬子啦，我會不好意思。

△慶芬雖笑著如此說，但其實心裡是有些失落的……

場次	7	時間	日	場景	慶芬家 - 餐廳區
人物	慶芬、何媽				

△現在。

△餐廳區，餐桌上放滿了保健食品、健康奶、熱水壺等等雜物，所以能用餐的區域只剩下一小塊……

△慶芬正在幫何媽沖泡麥片，按比例添加著各種營養素……

慶芬 OS：三，當然，我也忘不了那些不善良的笑容……

場次	8	時間	日	場景	辦公室 - 露台
人物	慶芬、Christine、其他抽菸男同事				

△回憶——

△一群同事聚在露台抽菸……

△慶芬正含笑努力跟同事們解釋著……

慶芬：我真的不是他女朋友！真的不是啦！

Christine：不是女朋友？可是住在他家？

△其他同事也一臉不信的曖昧笑著……

慶芬：我只是去幫他陪何媽媽的啦！

Christine：喔～～所以你是他雇的菲傭啊？

△眾人都笑了……

△慶芬也尷尬的笑著……

場次	9	時間	**日**	場景	**辦公室**
人物	**慶芬、瑞之、其他環境同事**				

△ 回憶——

△ 一張辭呈放在瑞之面前，瑞之看向來者……

△ 是慶芬，她努力帶著笑……

△ 瑞之對慶芬做了一個「我不懂為什麼」的手勢……

△ 慶芬還是努力的掛著笑容，但眼裡似乎含著淚光說明著……

慶芬：避免不必要的誤會。

△ 瑞之聞言一頓，接著回過頭看著辭呈，想了想，終於拿起業務章，在「經理」的欄位，蓋下……

場次	10	時間	**日**	場景	**慶芬家 - 客廳**
人物	**慶芬、何媽**				

△ 現在——

△ 後陽台曬著床單、衣物……面無表情的慶芬正從洗衣機拿出何媽的衣物，晾著……

慶芬 OS：四，漫長的委屈、痛苦、煎熬，都只是為了交換剎那的快樂……

場次	11	時間	**夜**	場景	**瑞之老家 - 客廳**
人物	**慶芬、瑞之**				

△ 回憶——

△ 準備搬回自己家的慶芬從房間裡搬出了一箱東西，放在客廳離大門較近的角落……

△ 瑞之開了自己的房間門，看著慶芬，問著……

瑞之：不陪我媽啦？

△ 慶芬又欲返回房間再去搬，詫異的問著……

慶芬：你又要去上海？

瑞之：沒啊。

△慶芬笑了，邊走進房邊說……

慶芬：那有你陪何媽媽就夠啦！

△慶芬的聲音繼續從房間裡傳出來……

慶芬：我繼續住在這，就算你不怕誤會（繼續）

△慶芬又搬了一箱東西走出來……

慶芬：萬一害我嫁不掉怎麼辦？

瑞之：那就嫁給我啊。

△慶芬的腳步愣住了……

△瑞之頓了頓，從口袋裡拿出了放戒指的小盒子，思忖一下，走向慶芬，略尷尬的伸給慶芬……

△但搬著箱子的慶芬沒有手接，她看著那個盒子說道……

慶芬：可是……我們連戀愛都沒有談……

瑞之：所以你覺得太快了？

△慶芬用力搖著頭……

慶芬：箱子。

瑞之：……喔。

△瑞之幫慶芬放下箱子，然後略尷尬的打開了戒指盒，拿出戒指……

△慶芬盯著戒指……

△瑞之尷尬的笑笑，說道……

瑞之：應該……不用那個……尷尬的單膝跪吧？

△慶芬用力的搖著頭，伸出自己的手……

△瑞之尷尬的幫慶芬戴上戒指……

△戒指有點緊，卡在關節……

瑞之：好像太小了？

△慶芬決定自己來、努力的把戒指套進無名指，過程裡，眼淚也不停的掉下……

瑞之：會痛？

△慶芬搖著頭……

瑞之：不好看？

△慶芬搖著頭……

瑞之：還是我去換大——

△慶芬更用力的搖著頭，哭得更凶，戒指終於套了進去……

慶芬 OS：但是，我還是沒有贏——

△畫面漸黑去……

慶芬 OS：這一切都只是因為……另一個選手，棄權了。

場次	12	時間	**夜**	場景	**公園**
人物	Rebecca、**向立**				

△現在——

△是手機直式拍攝的效果：Rebecca 正溜著直排輪，拍攝的人是向立，他同時在旁邊旁白……

向立（畫外音）：現在出場的是來自台灣的選手 Rebecca 張……高齡四十餘歲的她，號稱擁有二十五歲的體能，哇喔～～不錯喔！

△Rebecca 急煞住後，回頭驕傲又得意的燦爛一笑——

△畫面停了，出現一個 play 的箭頭

場次	13	時間	**昏**	場景	**慶芬家 - 陽台**
人物	**慶芬**				

△慶芬蹲在陽台角落抽著菸，看著手機上 Rebecca 的發文……

△她面無表情的看著，事實上極大的羨慕在心裡翻騰，她又滑開了下一則 PO 文……

△特寫手機螢幕：

謝謝 12 年前的 Rebecca。

△這時手機彈出了瑞之訊息的提示：

一家之主：今天會晚一點，抱歉。

場次	**14**	時間	**夜**	場景	**慶芬家 - 客廳**
人物	**慶芬、布布、何媽**				

△ 布布正在門邊接過外送的麥當勞……

外送員：祝您用餐愉快。

布布：謝謝。

△ 布布關上了門，拿著麥當勞往餐桌去邊說……

布布：馬麻我們明天可不可以不要再吃麥當勞？

△ 慶芬正以吹風機幫輪椅上剛洗好澡的何媽吹乾頭髮，面無表情的應著……

慶芬：不是喜歡吃麥當勞？

布布：可是我不喜歡天天吃麥當勞。

慶芬：你以為我喜歡天天幫你奶奶擦澡嗎？

△ 慶芬說著扛起輪椅上的何媽，往病床移動……

△ 布布的嘟囔傳來……

布布（畫外音）：（嘟囔）好想吃番茄炒蛋喔……

△ 慶芬什麼都沒說，只是繼續每日看護的步驟……

場次	**15**	時間	**夜**	場景	**慶芬家 - 浴室**
人物	**慶芬**				

△ 疲憊的慶芬，怔然的看著鏡子裡的自己……

慶芬 OS：我應該要謝謝十二年前的簡慶芬嗎？

△ 這時，客廳隱約傳來了聲音……

何媽（畫外音）：啊……啊……

△ 慶芬豎起耳朵聽著，果然……

△ 何媽的呼喚再次傳來……

何媽（畫外音）：啊………

△ 慶芬隱忍的閉上了眼睛……

場次	16	時間	**夜**	場景	**慶芬家 - 浴室外**
人物	**布布、慶芬、何媽**				

△ 布布揉著惺忪的眼睛站在自己的房門口，看著浴室的方向……

△ 浴室裡傳來了慶芬忿忿的責備……

慶芬（畫外音）：到底要折磨我到什麼時候 ?!

△ 房子都熄燈了，只有開著門的浴室裡亮著燈，慶芬在浴室裡幫何媽清理大便的影子投在門片上、牆上、地板上……地板上還有一路蔓延的糞便……

△ 何媽嗚嗚的哭聲從浴室裡傳出……

△ 慶芬崩潰的斥罵著——

△ 慶芬（畫外音）：你哭什麼哭？真正該哭的是我好不好 ?! 是我！

場次	17	時間	**夜**	場景	**慶芬家 - 客廳**
人物	**瑞之、何媽**				

△ 客廳裡幾張椅子上披晾著剛洗好的床單、何媽的衣物……

△ 剛回家的瑞之坐在何媽的身旁，看著這一切，想像著之前的災難……

場次	18	時間	**夜**	場景	**慶芬家 - 主臥**
人物	**瑞之、慶芬**				

△ 瑞之打開了臥室門……

△ 疲憊的慶芬鼾聲如雷，整個睡成了難堪的大字型……

△ 瑞之不想吵醒慶芬，於是悄悄的拿了自己的枕頭，走了出去，關上了門，一片漆黑……

△ 下一場影片的聲音先 in……

向立（畫外音）：現在出場的是來自台灣的選手 Rebecca 張。

場次	19	時間	**日**	場景	**公園**
人物	**慶芬、何媽、外傭數人、老人數人、環境人物**				

△ 慶芬正看著手機裡的影片……

△ 何媽媽在慶芬的身旁輪椅上曬太陽……

△ 不遠處也有一群曬老人的外傭正聊著天，聽不懂的語言傳來，一個外傭正分享著家鄉的點心給其他外傭……

向立（畫外音）：高齡四十歲的她，號稱擁有二十五歲的體能，哇喔，不錯喔！

慶芬 OS：在我一成不變、糟糕透頂的人生裡，我的敵人也好一陣子不再透露她的訊息，於是我只好一遍又一遍的看著她的笑容，她的勝利。

△ 影片結束後，慶芬又播放了一次……

向立（畫外音）：現在出場的是來自台灣的選手 Rebecca 張。高齡四十歲的她，號稱擁有二十五歲的體能，哇喔，不錯喔！

△ 慶芬專注的看著手機，突然一塊點心伸到她的面前，她抬頭看去——

△ 是那個發點心的外傭，對慶芬說了一串慶芬聽不懂的語言……

△ 慶芬怔怔的看著她，會意後正想驕傲的拒絕……

慶芬：我不是——

△ 慶芬停頓了一拍後，改變了念頭，她接住了那個點心……

慶芬：謝謝。

慶芬 OS：突然間，我聽懂了那個我完全不會的語言，她說……你好嗎？我可以給你一個擁抱嗎？

場次	20	時間	**日**	場景	**慶芬家 - 客廳**
人物	**慶芬**				

△ 窗簾拉開了，慶芬一樣面無表情的站在窗前，看著窗外……

△ 鏡頭變焦後，可以看見後方牆上掛著的月曆上，每個日子都記錄了只

有慶芬看得懂的一些數據（尿量、大便幾次等等），而這一天，被用紅筆圈起，寫著：

9:30 複診

場次	21	時間	**日**	場景	**醫院門口**
人物	**慶芬、瑞之、何媽**				

△ 瑞之把何媽從車上抱下，慶芬一臉堅毅的在一旁攤開輪椅，瑞之架起何媽往輪椅上移動，慶芬配合著……

瑞之：我先進公司開個會，應該來得及過來接你們。

△ 瑞之把何媽媽的腳放在踏板上，邊說著……

瑞之：辛苦你了。

△ 慶芬沒有回應，僵著表情、立刻轉身推著何媽進入醫院……

△ 瑞之無奈的目送……

場次	22	時間	**日**	場景	**看診間**
人物	**慶芬、何媽、盧醫師（50 多歲）、護士**				

△ 盧醫師一臉溫柔笑容的聽著聽診器、對何媽說道……

盧醫師：何媽媽咳嗽有沒有好一點？

△ 何媽吃力的點著頭……

盧醫師：那這樣晚上應該睡得比較好了吶？

△ 何媽又吃力的點著頭……

△ 盧醫師收起聽診器看向陪診的慶芬……

盧醫師：你真的把何媽媽照顧得很好，通常臥床久了身上難免都會有一點褥瘡，可是何媽媽身上連一點點味道都沒有，永遠都香噴噴的……

△ 慶芬禮貌的回以笑笑，卻突然聽到盧醫師說道……

盧醫師：辛苦了。

△ 慶芬一陣感動，差點掉下眼淚，她看向正在敲電腦的盧醫師，想說什

麼，卻什麼也說不出口……

慶芬 OS：致我親愛的敵人……

場次	23	時間	**日**	場景	**公園**
人物	**慶芬、何媽**				

△ 公園角落，慶芬你一口我一口的餵著何媽吃蛋糕……

慶芬 OS：恭喜我吧。我終於替我困住的人生，找到了一個新目標……

△ 慶芬拿著毛巾幫何媽擦嘴角的殘渣，她看著何媽的臉，心裡突然湧上一陣溫柔……

慶芬：好吃嗎？

△ 何媽發出單音回應，嘴角似乎還上揚了一下……

△ 慶芬看著何媽開心的樣子，也感到一陣欣慰……她想了想，拿出了手機，把自己的臉靠近何媽，舉起手機幫何媽跟自己自拍……

慶芬：笑一個。

△ 何媽吃力笑著……

△ 慶芬也努力笑著……

△ 手機螢幕，慶芬按下快門——

慶芬 OS：就好像你在社群上收集的讚一樣……

場次	24	時間	**日**	場景	**看診間**
人物	**慶芬、何媽、盧醫師（50 多歲）、護士**				

△ 24-1 盧醫師含笑幫何媽媽看診，貼心照護的慶芬顯得心情很好……

慶芬 OS：就算那或許只是一個路過的、不經意的讚美……可那一點點的力量，就足夠讓我勇敢的迎向明天的太陽。

△ 24-2 慶芬精神奕奕的推著何媽媽進診間，盧醫師笑容迎接……

慶芬 OS：但……

場次	25	時間		場景	**特效畫面**

△ Rebecca 葉子刺青的頭貼下出現一行字：

此帳號已不存在。

或者你已遭對方封鎖瀏覽權限。

慶芬 OS：你卻拋棄了我。

場次	26	時間	**夜**	場景	**慶芬家 - 陽台**
人物	**慶芬**				

△ 慶芬錯愕的看著手機………

△ 手上的香菸燒到了手指，她趕緊熄去，怔然的看著菸灰缸……

△ 一堆香菸的屍體扭曲在那裡……

慶芬 OS：太殘忍了……因為沒有敵人，比起沒有朋友，更讓人寂寞。

△ 畫面漸漸黑去……

△ 上字幕：

202 天後

場次	27	時間	**日**	場景	**慶芬家 - 客廳**
人物	**慶芬**				

△ 我們看見了一個相框，放了慶芬與何媽的那張手機自拍……

△ 鏡頭移動後，何媽媽的病床上，已不見何媽媽，卻坐著呆滯的慶芬……

慶芬 OS：兩百零二天後……

慶芬：（嘴邊的喃喃）我自由了……

△ 慶芬仍然一動不動的坐在那裡……

△ 下一場慶芬的聲音先 in……

慶芬：何瑞之！媽（頓住）——

場次	28	時間	**昏**	場景	**慶芬家 - 客廳**
人物	**慶芬、瑞之**				

△ 昏暗的客廳裡，病床被搬走了，客廳恢復了原狀，慶芬站在客廳一角看著這一切，錯愕著……

△ 瑞之從房裡走到客廳，開了燈才發現慶芬站在角落，他一臉落腮鬍，疲憊的說道……

瑞之：怎麼了？

△ 慶芬看著瑞之一陣茫然……

慶芬：我剛本來要幫媽……（回神）沒有。沒事。幾點了。

△ 瑞之看著牆上的時鐘……

瑞之：快六點了。……我去買晚餐。

△ 瑞之往外走去，穿鞋之際，又對慶芬說道……

瑞之：喔，我媽的那個除戶證明，明天再麻煩你了。謝謝。

△ 瑞之離去……

△ 慶芬玩味著那生疏的謝謝……

△ 下一場護士的叫號聲先 in……

護士（畫外音）：六十八號，何魏水妹請進喔。

場次	29	時間	**日**	場景	**看診間**
人物	**慶芬、盧醫師、護士**				

△ 慶芬一個人走進了看診間，沒有入座……

△ 盧醫師正在敲電腦，邊溫柔說道……

盧醫師：何媽媽又一個月沒見囉！

△ 盧醫師說著抬起頭，卻發現只有慶芬……

△ 慶芬稍微點頭示意後說著……

慶芬：……我想還是過來跟盧醫師說一聲比較好……

△ 盧醫師看到慶芬別在手臂上的「孝」，就懂了……

盧醫師：請節哀。

△ 慶芬以蒼涼的笑容回答……

慶芬：我媽走得很安詳，謝謝盧醫師這些日子的照顧。

△ 盧醫師一臉遺憾……

盧醫師：不要這樣說，是我應該的。

△ 慶芬似乎很想說些什麼，千言萬語不知從何說起，最後只是再次說了……

慶芬：謝謝。

△ 慶芬欠了欠身，就轉身離去了……

△ 盧醫師目送，頓了頓，就起身追了出去……

場次	30	時間	**日**	場景	**醫院電梯間**
人物	**慶芬、盧醫師、環境人物**				

△ 慶芬往電梯走去……

△ 身後，盧醫師追了出來……

盧醫師：何媽媽的家屬！

△ 慶芬駐足，回首……

△ 盧醫師匆匆走到慶芬面前，遲疑了一下，因為一時也不知道該從哪說起……

盧醫師：我太太車禍以後我照顧了她十二年，所以……

△ 盧醫師不知道該怎麼安慰，他話說了一半就停頓了……

△ 慶芬卻懂了，眼眶漸漸紅了……

盧醫師：如果有些話你覺得沒有人聽得懂……

△ 盧醫師掏出了口袋的筆，拉起慶芬的手，寫下了自己的電話號碼……

盧醫師：也許我可以懂。

△ 盧醫師深深的看了慶芬一眼，就轉身回去工作了……

△ 慶芬目送著盧醫師，又看向自己手中的電話號碼，一陣被懂得的感動，讓她緊緊的握住了那個號碼……

場次	31	時間	**昏**	場景	**公園**
人物	**慶芬、外傭數人、老人數人**				

△ 手機螢幕特寫：

△ 慶芬在手機裡輸入了那個電話號碼，並命名為「一個讚」

△ 慶芬輸入完，坐在老位子的她放下手機抬起頭看著……

△ 外傭依舊聚集聊天、老人依舊呆若木雞……

△ 慶芬遠遠的看著他們……

△ 那個之前發點心給慶芬的外傭，遠遠看著慶芬，笑了笑……

△ 慶芬看著她，竟忍不住哭了出來……

慶芬 OS：我的意識告訴我，她說，你好嗎？我可以給你一個擁抱嗎？

△ 畫面漸漸黑去………

慶芬 OS：我說謝謝，我很好。（急切）不過你知道嗎？最近我發現了一個幫他們洗澡比較輕鬆的方法，（逐漸淡出）你要先花一點時間去找一張三十到四十公分寬的桌子，然後把桌腳鋸短到比輪椅高十公分的高度………

△ 慶芬的 OS 漸漸淡出……

△ 上字幕：

又，121 天後

場次	32	時間	**日**	場景	**慶芬家 - 客廳**
人物	**慶芬**				

△ 慶芬拉開了窗簾，同時嚷著……

慶芬：何布布該起床了！

場次	33	時間	日	場景	**慶芬家 - 餐桌區**
人物	**慶芬、布布**				

△ 畫面漸 in……

△ 母子倆吃著早餐，慶芬做的，當中有番茄炒蛋……

△ 布布開心的說著學校的事……

布布：然後陳好蓁就說溫昆達是媽寶，溫昆達就哭了。

△ 布布笑著……

△ 慶芬也笑了……

慶芬：喔～～難怪你後來都叫我送你到紅綠燈就好，你怕也被叫媽寶對不對？

布布：對啦！

△ 被拆穿的布布開心的笑著……

△ 這時對講機響了，慶芬趕緊催促布布……

慶芬：快點快點，你爸來接你了。

△ 慶芬趕緊起身去幫布布拿背包……

△ 布布趕緊把最後的湯喝了，也趕緊起身邊說……

布布：馬麻那誰陪你過週末啊？

慶芬：放心，馬麻朋友很多，你不在我才過得爽呢！

△ 慶芬幫布布穿上了背包……

場次	34	時間	日	場景	**慶芬家樓下 - 公寓大門**
人物	**布布、瑞之**				

△ 布布開了公寓的鐵門走了出來……

布布：把拔！

△ 等在門邊的瑞之笑著摸了摸布布的頭……

瑞之：吃飽了？

布布：嗯。

瑞之：車在巷口。

△ 父子倆正要離去，對講機傳來了慶芬的聲音⋯⋯

慶芬：何瑞之！

△ 瑞之駐足，口吻冷淡的回應⋯⋯

瑞之：什麼事？

慶芬（彼端）：星期天中午我嫂請吃飯，你可以嗎？

△ 瑞之遲疑了一下⋯⋯

瑞之：⋯⋯先不要好了⋯⋯抱歉。

慶芬（彼端）：沒事，我只是問一下。⋯⋯布布掰掰。

布布：馬麻掰掰。

場次	35	時間	**日**	場景	**慶芬家 - 客廳**
人物	**慶芬／慶芬、瑞之**				

△ 終於結束了忐忑的對話，慶芬掛上了對講機，但手還留在對講機上，她停在那裡一會兒，回想著剛剛瑞之的回應⋯⋯

△ 一會兒後，慶芬望向了餐桌的方向、那個回憶⋯⋯⋯

△ 那時候的慶芬和瑞之沉默的坐在那裡⋯⋯

△ 良久，慶芬開口說道⋯⋯

慶芬：所以我想⋯⋯跟你坦白一件事⋯⋯

場次	36	時間	**日**	場景	**慶芬家浴室**
人物	**慶芬、盧醫師**				

△ 回憶——

△ 浴室入口處，慶芬正拿著一張改良的小桌子、興奮的、不留空隙的解釋著⋯⋯

慶芬：這裡一定要卡住她的膝蓋，然後讓她趴在桌面上，再用這個束帶抬起她的屁股，然後踢走輪椅再把桌子推進來⋯⋯不過我覺得這張桌子還可以再改良一個地方，就是這個桌面。我在想如果是網狀的，而且柔軟一點的材料（頓）——

△認真敘述的慶芬頓住了……因為門外的盧醫師的手，按住了她的肩膀……

△盧醫師誠摯的說道……

盧醫師：你已經做的夠好了，不要再自責了……

△停下動作的慶芬，笑著掉下眼淚……

慶芬：可是我每天都想掐死她……

盧醫師：我懂……

慶芬：我每天都在心裡講幾百遍的為什麼你還不死……

盧醫師：我懂……

慶芬：我每天都在想……

△慶芬抬起頭看著盧醫師，努力笑著……

慶芬：如果是 Rebecca 呢？

場次	37	時間	**日**	場景	**慶芬家 - 臥室**
人物	**慶芬、盧醫師**				

△回憶——

△他們連衣服都沒有脫，盧醫師在慶芬的身上用力的宣洩著……

△慶芬在高潮中呢喃著、聽不清楚的……

慶芬：何瑞之……何瑞之……

場次	38	時間	**夜**	場景	**瑞之老家 - 陽台（或戶外）**
人物	**瑞之、布布**				

△現在——

△瑞之在陽台抽著菸……

△屋裡的布布開了窗……

△瑞之聽到動靜，回頭看去——

瑞之：怎麼了？

布布：我想問一個問題。

△ 瑞之笑笑……

瑞之：數學？

△ 布布搖了搖頭，然後說道……

布布：是因為馬麻做錯了事，所以把拔才搬來奶奶家的嗎？

△ 瑞之不知道該怎麼回答……

瑞之：……誰說的？

布布：馬麻。

△ 瑞之審慎的回答著……

瑞之：……也許把拔也做錯了，人都會犯錯。

布布：你們不是跟我說，只要認錯就會被原諒嗎？

△ 好難回答的題目……

瑞之：……嗯。

布布：所以你會原諒馬麻嗎？

瑞之：………

△ 瑞之完全不知道該怎麼回應……

△ 音樂起……

場次	39	時間	**夜**	場景	**公園**
人物	**慶芬、向立**				

△ 39-1 夜深人靜的公園，慶芬穿上了直排輪鞋……

△ 39-2 慶芬蹣跚的滑著直排輪，沒幾步就摔在地上，她努力的想要站起來卻又摔了一跤，慶芬自嘲的笑著……

△ 慶芬屢次努力著爬起、又摔倒、她大笑著自己的蠢……

△ 39-3 慶芬好不容易終於站了起來，卻又再次跌倒……突然不遠處冒出一個聲音——

向立（畫外音）：先讓自己維持高跪的姿勢……

△ 慶芬看去……

△ 遠處一個像似在散步的男人，他雙手插著口袋，遠遠的對著慶芬，繼續解釋著……

向立：雙腳高跪……

△ 慶芬讓身體高跪……

△ 向立又走近了一些……

向立：身體要直，然後看著前方……

△ 慶芬開始照指令做著……

向立：現在抬起右腳……對！踏穩，然後等重心穩定後，藉著核心和你右腳的力量撐起身體。

△ 慶芬撐起身體後還是一陣踉蹌，向立趕緊來扶了她一把——

△ 慶芬努力維持了平衡，才看向男人——

慶芬：謝（頓）………

△ 慶芬愣住了，她認出那男人竟是向立！——少了陽光氣息的向立

慶芬：于向立?!

△ 向立看著慶芬，納悶、思索著……

△ 慶芬興奮的解釋著……

慶芬：我是（在 Rebecca 的臉書認識你的——當然不能這麼說）……何永勵的馬麻！

△ 向立還是一臉不解……

慶芬：他跟你弟學直排輪，有時候你會來代課。

△ 向立笑了笑……

向立：好像有印象。

慶芬：好久不見。

△ 慶芬又有一點踉蹌，向立又扶了她一把，然後解說著……

向立：站立的時候腳打開呈八字型——

慶芬：你女朋友……

△ 向立詫異看向慶芬……

慶芬：她好嗎？

向立：她……很好啊。（笑笑）你認識她？

△ 慶芬這才發現自己太急切的想知道 Rebecca 的消息了，所以掩飾的解釋著……

慶芬：很久以前我們……認識……不熟。

△ 向立靦靦的笑笑……

向立：是喔……好巧。

△ 不知道為什麼，向立的笑容始終帶著落寞，他不知道該再說些什麼，又笑了笑後，轉身離開了……

△ 慶芬目送著他……

慶芬 OS：愛因斯坦說，巧合，是上帝保持匿名的方式……

△ 慶芬又滑倒了……

慶芬 OS：新思維運動說，這是吸引力法則；而佛家說，一切唯心生……我說，太好了，我的敵人，一切安好。

場次	**40**	時間	**日**	場景	**電影院外面街道**
人物	**向立、女友（芷茵，25 歲左右）、環境人物**				

△ 向立往電影院走來，身旁傳來女友的抱怨……

芷茵（畫外音）：如果你不想出來幹嘛不直說 ?! 我可以跟我朋友約啊！

△ 向立無奈苦笑解釋……

向立：我沒有不想出來——

△ 女友繼續抱怨，打斷了向立

芷茵：每次出來都悶悶的！

△ 我們這才看到了女友，並不是 Rebecca。

向立：我沒有悶悶——

芷茵：什麼都 OK、什麼都不講！

向立：我就真的都 OK 啊……

△ 兩人出鏡……

場次	41	時間	日	場景	**電影院售票口**
人物	**向立、芷茵、長捲髮女子、環境人物**				

△ 女友仰著頭看著螢幕上的時刻表……

芷茵：看甜茶那部好不好？

向立：OK 啊。

△ 女友聞言，橫了向立一眼——

△ 向立苦笑……

向立：我真的……

△ 女友不等向立說完就扭頭往購票櫃檯走去——

向立：……OK……

△ 向立的笑容裡，還是有一抹莫名的遺憾，突然他收起了笑容，盯著前方……

△ 前方，一個長捲髮的女人正跟朋友說著話走來……

△ 向立盯著她……

△ 女人甩開頭髮後露出了臉——她不是 Rebecca……

場次	42	時間	日	場景	**餐廳**
人物	**慶芬、哥哥（慶輝）、嫂嫂、哥哥的兩個兒子、簡母**				

△ 用餐已經接近尾聲，氣氛是吵雜的：慶輝的兩個兒子已經在玩；慶輝正在教簡母怎麼使用手機的某項功能；慶芬正以刻意拉高情緒的跟嫂嫂解釋著……

慶芬：就學校的活動沒辦法啊，我只好叫瑞之陪他去，要不然瑞之多想來啊！

嫂嫂：什麼活動不能請假？欸你生日耶！不然你也跟我講一聲，我就改昨天嘛！

慶芬：怪我啦，記錯日期了，瑞之還把我罵了一頓。

△ 慶輝插了話……

慶輝：所以他老家的房子要賣嗎？

嫂嫂：不然就你們搬回去，他老家比較大嘛！

慶芬：有啦，我們有在考慮。

△ 這時服務生端著生日蛋糕走了進來，又是紅葉……

小兒子：耶！吃蛋糕了！

大兒子：為什麼不是抹茶千層？

嫂嫂：奶奶說姑姑喜歡吃紅葉。

△ 慶芬一愣……

△ 簡母笑著說……

簡母：有一次簡慶輝生日爸爸買了一個好大的紅葉蛋糕放在冰箱，等簡慶輝放學回家要切蛋糕的時候，根本只剩下空盒子……

△ 慶芬詫異的聽著……

慶輝：我整個大哭！

小兒子：把拔你會哭喔？

簡母：你爸小時候才愛哭呢！

小兒子：把拔愛哭鬼！

慶輝：後來老爸只好又帶我去再買了一個蛋糕。

△ 慶芬聽著、想著、笑了……

慶芬：……我想起來了……因為吃了太多奶油，那天晚上我肚子痛得在地上打滾……

慶輝：所以後來都沒紅葉可吃啦。

△ 慶芬笑著，眼睛卻紅了……

簡母：你跟瑞之結婚的時候，我就寫了一張你最喜歡的東西交給他，第一個就是紅葉蛋糕。

△ 慶芬的笑容僵住了……

慶芬 OS：原來嫉妒是這麼可怕的陷阱……

場次	43	時間	**夜**	場景	**慶芬家 - 臥室**
人物	**慶芬**				

△ 沒開燈的房間，慶芬還穿著中午吃飯的那套衣服，躺在床上……

慶芬 OS：死盯著彼岸對手，終於讓我們摔了一身的爛泥……（跑道上的我）

△ 眼角滑下的淚水乾了……

△ 對講機響了……

場次	44	時間	**夜**	場景	**慶芬家 - 客廳門內、外**
人物	**慶芬、布布、瑞之**				

△ 門邊，剛進門的布布邊興奮的說著、展示著新的棒球手套、邊把背包脫下來交給慶芬……

布布：把拔投給我的球我全部都可以接到囉！

慶芬：這麼強 ?!

布布：滾地球也接的到喔，要醬子接！

△ 布布示範著……

慶芬：晌你一身汗，趕快去洗澡！我給你拿衣服！

布布：那我明天可以帶手套去學校嗎？

慶芬：可以！

布布：耶！

△ 布布往浴室走去……

△ 慶芬正要關門，卻發現瑞之還站在門外，慶芬有點訝異的看著他……

△ 瑞之：聊一下可以嗎？

場次	45	時間	**夜**	場景	**慶芬家 - 陽台**
人物	**慶芬、瑞之**				

△ 他們靠在女兒牆上抽著菸的背影，隔著一段距離、不看彼此且沉默著……

△ 慶芬忐忑等待著發球的瑞之，終於還是緊張的先開了口……

慶芬：如果你想離婚的話我沒有意見。

瑞之：……

慶芬：我可以搬出去，但是為了布布好我希望——（被打斷）

瑞之：為了布布怎麼會做出那種事？

△ 慶芬沉默了，她看著手指上的婚戒……

瑞之：如果有一個剎那你曾經想到布布，就不會……（說不下去了）

慶芬：……

瑞之：所以你想離？

慶芬：……

瑞之：你愛他？

慶芬：（自嘲笑著）那怎麼會是愛……

瑞之：（忿忿）不是愛那是什麼?!

△ 慶芬漸漸收起笑容，但她根本不知道該從哪裡說起……

△ 等不到答案的瑞之，收拾了憤怒，努力以淡然的口氣說道……

瑞之：要是你想離婚就離吧。

△ 瑞之熄了菸準備要走……

慶芬：何瑞之。

瑞之：………

慶芬：可不可以……回答我一個問題……

△ 慶芬轉著手上的婚戒……

△ Insert 本集，瑞之拿出戒指……

慶芬（畫外音）：那時候……

△ Insert 本集，慶芬用力的把戒指戴進手指……

慶芬（畫外音）：是因為她棄權了嗎？

△ 回現實……

△ 瑞之沒聽懂……

瑞之：誰？

慶芬：我是說……

△ 慶芬舉起戴著戒指的手，努力擠出笑容……

慶芬：這個……你是照誰的尺寸買的？

△ 瑞之停在那裡，不知道是在回想，還是不想提起……

△ 慶芬等待著答案……

瑞之：我媽拿你忘在浴室的戒指……她說太大了，你老是一洗手就掉……

△ 瑞之轉身離去——

△ 慶芬當頭棒喝——

△ 大門關上的聲音傳來，慶芬的淚水無法控制的開始狂流……

慶芬 OS：原來啊原來……這一切都源自於，我儲存的那些大量的、可怕的、無明的……妒忌。

△ 音樂起……

場次	46	時間	**日**	場景	**公車上**
人物	**慶芬**				

△ 音樂中……

△ 慶芬搭著公車，她坐在臨窗的位子，看著窗外……

△ 公車經過了紅葉蛋糕店……

場次	47	時間	**日**	場景	**保險公司辦公室（慶芬之前辦公室）**
人物	**慶芬、以前的三個同事（其一為 Sunny）**				

△ 一個被切過的紅葉蛋糕……

△ 慶芬和以前的幾個同事吃著蛋糕、分享近況，慶芬含笑說道……

慶芬：所以就想先休息一陣子，最近才準備開始找。

Sunny：要不要回來上班？

慶芬：算了啦，我業績那麼爛。

△ 這時，以前坐在慶芬隔壁的同事 Sunny 的電話響起內線，Sunny 接起………

Sunny：嗨嗨。……喔喔好，我馬上出去。

△ Sunny 掛上電話，就匆匆往櫃檯而去……

△ 以上同步，慶芬繼續跟同事聊著……

同事 B：我還不是！（低聲）一天到晚被唸，反正被唸還是有薪水跟獎金啊！

同事 C：對啦，臉皮厚一點就好。

△ 慶芬笑了……

慶芬：你們去年領不少响？

同事 B：Sunny比較多，好像六個月！我三個月而已。

同事 C：我也才三個月！

慶芬：知足吧小姐們！有些公司連一個月都沒有！

同事 B：所以我才繼續厚臉皮啊！

△ 她們笑著……

△ 這時 Sunny 拿著一個 A4 信封歸來，邊埋怨的說著……

Sunny：喔，我這個客戶真的很可憐，才四十耶，本來要跟我買一個退休險，結果去健康檢查，乳癌！

同事 B：蛤～～

Sunny：還好她之前有先買一個醫療險！

△ Sunny 說著，嘆口氣把資料放在桌上，繼續拿起蛋糕吃……

△ 慶芬不經意的瞄了一眼資料，裡面的醫生證明（應該剛剛看過後沒有完全塞好）露出了一截，上面的名字寫著：

張怡靜

△ 慶芬一愣……

慶芬 OS：這個世界上叫張怡靜的人很多……

場次	48	時間	**日**	場景	**保險公司一樓 Lobby**
人物	**慶芬、環境人物**				

△慶芬匆匆的奔到 Lobby——

△她焦急的四下張望著，邊往外走去……

慶芬 OS：四十歲的張怡靜一定也不少……

場次	49	時間	**日**	場景	**保險公司外騎樓連街道**
人物	**慶芬、環境人物、Rebecca**				

△慶芬衝出了大樓，焦急的張望著……終於揚聲喊著……

慶芬：Rebecca！

△這時，一個正要上計程車，頭髮非常短、氣色非常差、一點也不美麗的女人聞聲看向了慶芬……

△慶芬發現了她，卻不敢置信，只是駐足遠遠的看著她……

△那女人也深深的看了慶芬一眼，就上了車……

△慶芬不能置信的、驚愕的目送著計程車遠去……

慶芬 OS：所以她絕對不會、也不可以是……我那彼岸的敵人。

待續……

第七集的情節中，有一場我埋了好久的戲，是關於向立的。為了這場戲，我在前面努力的讓你們覺得他的可愛、討喜，我要讓觀者喜歡他，然後再對他失望，再藉由這場戲他本人的控訴，達到這部作品的命名原因——不夠善良的我們，其實都很善良，只是難免有那麼一些剎那，我們遲疑了。

而善良究竟要多寬多廣？一味的善良就是真善良嗎？

我希望善良的向立善良得很真實，那種血淋淋的真實，然後我又再次藉他的口道出我對以往的反省：我們對事情的批判會不會是一種誤解？一種偽善？

在主創會議上型塑向立這個角色的樣子時，字眼、定義，又再次讓我覺得要謹慎其中的謬誤。譬如不太會追女生，就讓大家想到宅男，一講到宅男，我們可能就會聯想到呆呆的、矬矬的、深度近視、不注重外表……這些字眼。

但打開我們的眼睛耳朵與感知吧，事實上現在的人類，大約有50% 都很宅。所以網購、串流影音、外賣餐點……這些改變行為模式的新生活方式應運而生，人們越來越愛在家裡盡情享受，而且「交際」真的太麻煩了。

我就是宅透了的那種人。喜歡在家裡工作、招待朋友、做自己，每次外出開會、約會後回到家我都會累癱，交際真的好累。但，我不呆也不矬，甚至很愛把自己弄得很有型！

所以我筆下的向立滿聰明的，口才也不差（在跟 Rebecca 辯論時，他可以撂倒她），外表也很體面，不喜歡把聰明用在拐彎抹角，所以無法費盡心思、撲朔迷離的營造浪漫，因此對於那些異性緣超好的掌上明珠型的少女來說，就少了點怦然。

你是不是也認識或聽說過幾個這樣的男孩或男人？當別人問起女孩為什麼不跟他在一起時，女孩會遲疑一下然後說：就……沒感覺。

所以，不要再以偏概全的用隻字片語打造你的角色，去真實生活裡感受一下、尋找一下，你才有機會設計出「經典角色」。

寫到這裡讓我想到了「程又青」，我記得當時很流行傻白甜那一類的女主角，笨笨呆呆的和男主角因吵架而相遇，然後又每每被男主角營救，男主角愛她，她卻誤會男主角討厭她……所以「程又青」拍攝完畢開始賣片時遇到了很多難題，有人轉達某平台主管的意見：誰要看這種三十歲、恰北北的女人談戀愛？

我當時很受挫，我的身邊明明充滿了程又青啊！還好最終的結果是你知道的，程又青翻盤了。

再次提醒：生活才是最好的老師。

第七集

場次	1	時間	日	場景	**保險公司外騎樓連街道**
人物	**慶芬、環境人物、Rebecca**				

△影像漸 in……

△慢動作：那個頭髮非常短、氣色非常差、一點也不美麗、應該不是 Rebecca 的女人，在上車前，深深的看了慶芬一眼……

慶芬 OS：如果把相同來源的兩個微觀粒子，其一放在我這裡，另一個交給你，那麼當我改變我的粒子時，你的那個粒子也會同時做出改變，就算我們之間隔了千山萬水……

△隨著她上車、車門關上，畫面漸漸黑去——

△黑畫面裡，傳來遙遠的救護車聲……

場次	2	時間		場景	**特效畫面**

△ Rebecca 的社群主頁

△ Rebecca 葉子刺青的頭貼下出現一行字：

此帳號已不存在。

或者你已遭對方封鎖瀏覽權限。

慶芬 OS：這不是心電感應，而是一個真實的科學現象，叫做量子糾纏。

△畫面被重新整理了一次，中央的圓形符號運轉了一圈之後，仍舊彈出這行字……

場次	3	時間	**日**	場景	**慶芬家 - 客廳**
人物	**慶芬**				

△ 慶芬拿著手機縮坐在沙發上，她的視線投向遠方，不斷的思索著……

慶芬 OS：來自同月同日生的你我，也正糾纏著嗎？

△ 鏡頭跳開，屋子裡只有慶芬一個人，慶芬忽然想到什麼、猛的起身……

△ 下一場，慶芬前同事 Sunny 的聲音先 in……

Sunny（畫外音）：（為難）慶芬姐你知道的啊（繼續）……

場次	4	時間	**日**	場景	**保險公司外**
人物	**慶芬、Sunny（慶芬以前的同事）**				

△ 保險公司外，Sunny 一臉為難的說道……

Sunny：我們不能隨便透露客戶資料。

△ 慶芬努力含笑拜託著……

慶芬：我知道我知道，可是我其實只想要確定一下你的那個客戶是不是我朋（頓住）——我認識的那個張怡靜。

△ 慶芬又改變了語氣，更加哀求的……

慶芬：拜託啦！只要幫我看一下她的出生日期好不好？……還有她的地址……

Sunny：响不行啦！真的啦！不要為難我了啦慶芬姐……

△ 慶芬的笑容有點失望……

△ 遠方又傳來了救護車的聲音……

場次	5	時間	**日**	場景	**慶芬家 - 陽台**
人物	**慶芬**				

△ 救護車的聲音貫穿到本場……

△ 蹲在陽台抽菸的慶芬，直起身子尋覓著救護車的方向……

慶芬 OS：又是意識在作祟嗎？為什麼我覺得最近救護車的聲音特別的多？特別的大？……它嚷嚷著遠方出事了！……是誰呢？有人陪著他嗎？

△ 不安的慶芬，邊思索著什麼邊熄了菸，接著又下意識的拿起一支抽了一口，終於她拿起手機，撥了出去……

場次	**6**	時間	**日**	場景	**街道**
人物	**瑞之**				

△ 瑞之正開著車……

△ 手機響了，是接到音響的擴音，一串鈴聲後，手機被自動接起……

瑞之：你好我何瑞之。

慶芬（彼端）：……喔那個……沒事，我打錯電話了。

△ 彼端匆匆的掛上電話……

△ 瑞之有點納悶，想回撥，最終還是放棄了……

場次	**7**	時間	**日**	場景	**慶芬家 - 陽台**
人物	**慶芬**				

△ 慶芬又撥著手機，通了，她說道……

慶芬：你在學校嗎？……喔對不起，沒事沒事，晚上做炸排骨給你吃，快去上課。

△ 慶芬切斷了手機，稍微安心了，但仍有那麼一絲絲的忐忑的看著手中的手機，思索著……

慶芬 OS：只剩下你了……你還好嗎？（貫穿下一場）

場次	**8**	時間	**昏**	場景	**公園**
人物	**慶芬、環境人物**				

△ 遙遠的救護車聲傳來……

△ 去超市買了菜的慶芬正穿過公園……

慶芬 OS：我那親愛的糾纏。

△慶芬走著走著，忽然她放慢了腳步後駐足了，她盯著前方……

△ Insert 第六集（另一鏡位）——向立拍著 Rebecca 溜冰的報導……

向立：現在出場的是來自台灣的選手 Rebecca 張……高齡四十餘歲的她，號稱擁有二十五歲的體能……

△慶芬想到這裡，似乎有了想法、有了希望……

場次	9	時間	**夜**	場景	Rebecca 家
人物	**向立**				

△特寫中島台上的手機，螢幕上有數個——

陳芷茵未接來電

△此刻，最新彈出了一則提示：

簡慶芬要求加入好友

△鏡頭跳開，這是 Rebecca 之前的房子，現在變了一個樣子：因為沒什麼可移動式的家具而顯得空蕩著。

△此刻空間裡傳來電玩遊戲的聲音……

△面向陽台的地方，突兀的放著一張電腦桌，一個男人的背影正坐在那裡玩著電玩……

△是向立。他租下了那裡……

△手機的鈴聲傳來，但向立沒有反應，只是面無表情、專注的玩著電玩……

△電腦螢幕的遊戲秀出了 Game over 的字眼……

△向立頹然的看著……過了一會兒，他頹然的起身，走向了手機，他拿起手機看著……

△ 向立看到了「**簡慶芬要求加入好友**」的提示，神情有點詫異……簡慶芬是誰？向立想了想，點開了那則通知——

△ 特寫手機螢幕：訊息提示被點開後，出現了——

簡慶芬要求加入好友：

Rebecca 真的沒事嗎？

△ 向立看著那行字，臉上的神情看不出情緒……

△ 畫面漸黑……

△ 上字幕：

357 天之前……

△ 下一場向立的聲音先 in…

向立（彼端）：起床了起床了！

場次	10	時間	日	場景	Rebecca 家 - 臥室
人物	Rebecca				

△ 床上的 Rebecca，眼睛還沒張開、聽著手機……

向立（彼端）：記得不能吃東西喔！

Rebecca：………

向立（彼端）：欸！八點半要報到啦！

場次	11	時間	日	場景	醫院健撿中心
人物	Rebecca、環境人物				

△ Rebecca 正喝下顯影劑，手機傳來提示音，她看著……

△ 是「小于（向立）」傳來的：

到那個項目了？

Rebecca 無奈的笑笑，卻沒有理會……

場次	12	時間	日	場景	醫院外
人物	Rebecca、向立、環境人物				

△ Rebecca 剛走出醫院，就聽見——

向立（畫外音）：張怡靜！

△ Rebecca 看去……

△ 坐在摩托車上的向立含笑朝她伸出安全帽……

場次	13	時間	夜	場景	Rebecca 的工作區
人物	Rebecca、向立				

△ Rebecca 專注的在筆電前工作著，突然有人蓋上了她的筆電，她猛看去——

△ 向立很 Man 的以命令的口吻說道——

向立：收、工、了！

△ Rebecca 狠狠的瞪著向立……

△ 向立於是有點畏懼的改變了語氣，撒嬌笑著……

向立：人家要熄燈了啦……

Rebecca：你——

△ Rebecca 想要開罵，但一念之間轉了口氣，很無奈的勸著……

Rebecca：不要鬧了于向立，我們不可能啦。我現在需要的不是浪漫啊、粉紅泡泡什麼的，我需要的是那種就算很平淡但是可以走很久很久的那種陪伴。

向立：你怎麼知道我不是？

Rebecca：（譏諷的）你是嗎？

向立：我是啊。

△向立誠摯的看著 Rebecca……

向立：我會在你旁邊跟你說，小心這裡滑……快到了，加油、你可以的……

△看著向立的 Rebecca 一陣感動……

場次	14	時間	**夜**	場景	**餐廳**
人物	Rebecca、**向立**				

△ Rebecca 放下筷子，說道……

Rebecca：喔我真的半口都吃不下了。

△向立傻眼的示意著桌上還有很多菜……

向立：你叫這麼多耶！

Rebecca：就每個都想吃一口啊。（嚴重警告）不要浪費食物喔你！

△向立不甘願的瞋了 Rebecca 一眼，邊繼續吃著邊嘟囔道……

向立：難怪人家說談戀愛的男人會變胖。

△ Rebecca 聞言，嚴正申明的說道……

Rebecca：欸！還沒有喔！……說好了要等拿到檢查報告、買好保險的。

△向立卻不慌不忙的回道……

向立：有沒有比過賽跑啊你？聽到預備起的「起」才起步，你就慢一拍了啦，重點是「備」！聽到備的時候、助跑那隻腳就要往前推了！

△向立說完做了一個挑眉的得意表情，很可愛……

向立：我遙遙領先了啦！

△ Rebecca 以受不了的表情瞋著向立——

Rebecca：有沒有看過奧運啊 ?! 人家都用槍響了啦！

場次	15	時間	**日**	場景	Co-working space - **往電梯、電梯**
人物	Rebecca、**向立、環境人物**				

△ Rebecca 揹著背包、邊輸入手機叫 Uber、邊匆匆的走向電梯，她按了「下樓」……

△後方向立跟了過來……

向立：又要去哪？

△ Rebecca 看也沒看他的說道……

Rebecca：去忙啊去哪。

向立：等我拿車鑰匙我送你去！

△ 向立正要奔回辦公室，Rebecca 卻說——

Rebecca：我已經叫車了。

△ 向立無奈，只好走回來陪著 Rebecca 等電梯，Rebecca 看了他一眼……

Rebecca：幹嘛？

向立：陪你等電梯啊。

△ Rebecca 沒輒……

△ 電梯來了，Rebecca 進去，向立也鑽了進去……

Rebecca：又幹嘛？

向立：陪你「搭」電梯啊。

Rebecca：你這麼閒喔？

向立：很忙，忙著等槍響。

△ Rebecca 翻了個白眼，但心裡是開心的……

△ 電梯的門關上了……

場次	16	時間	日	場景	Co-working space - 電梯
人物	Rebecca、向立、環境人物				

△ 電梯的門開了，但這是另一天，他們穿著另一套衣服。

△ 門開之際，向立正連說帶演的在講一個笑話

向立：就看到一個大塊頭立馬像彈簧一樣跳到桌上說「老鼠～～」！

△ 向立學做著很娘的動作……

△ Rebecca 一路大笑……

△ 電梯外有人要搭電梯，Rebecca 趕緊憋住笑……

△ 路人陸續進入電梯，把 Rebecca 和向立擠到了一起……

△電梯門關上了，一片安靜中 Rebecca 又忍不住「噗」的笑出——

△向立故意用很低，但大家都聽得見的音量說道……

向立：在電梯裡放屁很沒禮貌啦！

△關門之際，傻眼的 Rebecca 狠狠的瞪著向立——

△而向立卻得意竊笑……

場次	17	時間	**日**	場景	Co-working space - **電梯**
人物	Rebecca、**向立**、**不相干的人**				

△又是另一日……

△電梯（上樓）門開——他們一個人靠著電梯右側，一個人靠著左側，中間站著一個不相干的路人，那路人走出了電梯，向立立刻說……

向立：可以先牽手嗎？

Rebecca：不可以。

向立：可以睡你家沙發嗎？

Rebecca：不可以。

△向立頓了一拍之後，就走向電梯按鈕，伸出手很無賴的一路把所有樓層都按了……

Rebecca：于向立?!

△電梯門關之際，向立抱怨著……

向立：至少可以讓我多看你兩分鐘吧！

場次	18	時間	**日**	場景	Co-working space - **電梯**
人物	Rebecca、**向立**				

△又是另一日……

△電梯門開之際……Rebecca 正傾過身體、急切的按著「關門」鈕！

△門關之際，Rebecca 身體回到原位，我們才看見——向立故作憂鬱狀、頭斜靠在電梯壁喃喃著……

向立：（知道沒有希望的哀求）先去拿報告再去忙日子節啦好不好……

場次	19	時間	**日**	場景	**日子節園區外（例如華山文創園區）**
人物	Rebecca、**向立**				

△ Rebecca 匆匆走出園區，突然面前出現了一頂安全帽——

△ 嚇了一跳的 Rebecca 看過去——

△ 是向立。

△ Rebecca 瞪著向立，說道……

Rebecca：只有二十幾歲的女孩才會喜歡被接啊送的你知不知道？

向立：你不是體能二十五歲嗎？

△ Rebecca 無言了……

△ 向立得意的笑了……

△ Rebecca 無奈的接過安全帽……

場次	20	時間	**日**	場景	**日子節攤位倉庫內**
人物	Rebecca、**向立、木工師傅十幾人**				

△ 向立伸出一袋食物……

△ 站在對面的 Rebecca，雙臂環胸的瞪著向立……

△ 這時搬著夾板經過的木工揶揄說著……

工人 B：好好喔～～人家都沒有～～

△（整個倉庫是日子節的攤位區，正在施工的狀態）

場次	21	時間	**夜**	場景	**日子節園區外**
人物	Rebecca、**向立**				

△ 疲憊的 Rebecca 從園區一路往外走，四下尋覓卻沒看到向立……

△ Rebecca 站在門口等了一下，想了想就拿起手機看了看時間，放下手機後，想了想又再次拿起手機，撥出……

Rebecca：你沒有要來吧？那我自己搭車回去囉。

向立（彼端）：欸等我啦！我馬上過去！

Rebecca：今天真的好累喔，我自己叫車就好啦，掰。

△ Rebecca 掛上手機後就感覺有人拍了她的右肩，她剛回頭就被向立的食指抵住了臉頰……

△ Rebecca 因這無聊的遊戲，翻了白眼……

△ 向立得意的說道……

向立：現在知道我的重要性了吶？

Rebecca：是啊，我終於知道長得也不錯、身材也不錯，竟然交不到女朋友到底是為什麼了。

△ 向立收起得意……

向立：為什麼？

△ Rebecca 看向向立……

Rebecca：因為你真的好無聊！

△ Rebecca說完掉頭就走，向立指著另一個方向來不及說……

向立：欸我車在……

△ 向立只能趕緊追上 Rebecca……

△ Rebecca 大步往前走著……

△ 向立追了上來……

向立：你說的無聊是真的很無聊的那種無聊？還是女生撒嬌說的那種無聊？

△ Rebecca 邊走邊說……

Rebecca：還手指戳臉咧！現在都什麼年代了 ?! 你以為這樣我們會覺得浪漫？心花怒放？春心蕩漾？

向立：欸說不定是你太老，才 get 不到的吧！

△ Rebecca 突然停下腳步……

Rebecca：你車到底停哪？

△ 向立指著反方向……

△ Rebecca 瞪了向立一眼——

向立：是你自己——

△ 向立話沒說完，Rebecca 又轉身往反方向走去……

△ 向立再次追上……

向立：不然怎樣才浪漫？

Rebecca：你不看韓劇的啊？氣氛對了、感覺對了，就要把握機會，抓起來就給她親下去啊！

向立：（不解）抓起來？……抓哪邊啊？示範一下啦！

Rebecca：（喃喃）天啊！

△ Rebecca 停下了腳步，轉身抓住向立的臂膀……

Rebecca：抓這——（被打斷）

△ Rebecca 還沒說完，向立已經很 man 的親向 Rebecca……

△ Rebecca 一愣，察覺自己中計……

△ 向立深情的看著 Rebecca……

向立：早說嘛，害我等那麼久……

△ Rebecca 說不出話了……

△ 向立再次吻向 Rebecca……

△ 歌聲揚起……

場次	22	時間	日	場景	日子節園區 - 攤位外
人物	Rebecca、向立、芷茵、其他眾多環境人物（工作人員、遊客）				

△ 歌聲轉為露天現場演唱的音質，充斥在環境裡……

△ 攤位廠房前，許多手機正在掃描「攤位電子地圖」的 QR code……

△ 鏡頭拉開，許多遊客正排隊進入攤位廠房……

△ 而入口另一側，數名穿著日子節 T 恤的工作人員正在販售購物環保袋、紀念徽章，Rebecca 也在其中……

△ Rebecca 正忙著找錢、交貨，一瓶礦泉水已經打開了蓋子從後方伸到她的面前——

△ Rebecca 頭也沒回，她知道是向立，抓起水灌著，待她喝完，向立就很有默契的接過她的水，蓋上蓋子，立刻又幫忙從後方補貨……

△ 這時傳來了「芷茵」的呼喚——

芷茵（畫外音）：于向立！

△ 向立看去……

△ 那個向立一直追不到的「她」——芷茵和另兩個朋友也來日子節……

△ 向立有點意外，但還是從工作區走了出來，走向了芷茵……

△ Rebecca 繼續忙碌著，抽空一瞥，看見了——

△ 從 Rebecca 的視角看去——向立跟芷茵正在說話，青春、漂亮的她仰著頭笑看著向立……

芷茵：為什麼你會在這？你也是工作人員喔？

向立：沒啦，來幫朋友忙。

△ 芷茵趁隙也偷偷看了 Rebecca 一眼……

△ 從芷茵的視角看去——Rebecca 即使只穿了制服、正在忙碌，也還是漂亮姐姐……

朋友：那有員工折扣嗎？

向立：只有 QR code 啦！

△ 當 Rebecca 迎接她的眼神之際……

△ 芷茵又趕緊撇開視線，繼續跟向立帶著點撒嬌的說著話……

芷茵：什麼QR code？

向立：攤位的介紹地圖，我做的！（得意）

芷茵：是喔 ?! 那你幫人家弄！

△ 向立幫芷茵掃描電子地圖，跟芷茵和朋友說明功能……

△ Rebecca 看著「他們」，感觸年輕真好，又繼續忙碌……

△ 不一會兒向立又鑽回了工作區，Rebecca 邊忙邊說……

Rebecca：就是她喔？

向立：誰？

Rebecca：很難追的那個啊。

向立：……對啊。

Rebecca：很漂亮啊。

向立：……對啊。

Rebecca：不去陪人家逛逛？

向立：喔。……好啊，那我去陪她囉。

Rebecca：去啊。

△向立離開前，在 Rebecca 身後低聲說道……

向立：原來你也會吃醋。

△向立說完就離去了……

△Rebecca 感到甜蜜，忍著笑容……

△這時，Rebecca 的手機響了，她在忙碌中接起……

Rebecca：喂？……是，我是……喔，之前我有打電話過去說我要下週才能去拿。

△Rebecca 的神情有點微微的變化，她擠出笑容問著……

Rebecca：有點狀況的意思是……？

△Rebecca 聽著手機，笑容漸漸收起……

△向立這頭，他邊陪著芷茵排隊進入攤位廠房，邊偷偷觀察 Rebecca 的反應，這時他看見——

△Rebecca 收起了手機、拿起了自己的包包，邊跟工作人員交代著什麼，邊離開了工作區……

△向立詫異的目送著 Rebecca……

向立：欸你去哪？

△Rebecca 沒有回應，或許是沒有聽到……

△向立趕緊對芷茵說……

向立：你們先進去，我去找一下我朋友。

△向立不等芷茵的反應就去追 Rebecca，但 Rebecca 已經消失於擁擠的人潮裡……

場次	23	時間	日	場景	手機螢幕

△門鈴響著，門鈴停下後……

△特寫放在茶几上的手機，螢幕彈出了一則訊息通知——

小于（向立）：你在哪啊？

△沒有人搭理的手機，直到畫面暗了……

場次	24	時間	**夜**	場景	**Co-working space - Rebecca 工作區**
人物	**向立、同事 A、B**				

△ Co-working space 即將熄燈……

△要下班的向立，揹著背包靠在 Rebecca 工作區的入口，看著空無一人的區域思索著……

△要離去的同事 A、B 經過向立，揶揄的丟下一句……

同事 A：直接告白啦……

△同事 B 甚至直接從向立的褲子後口袋抽出手機，伸到向立面前……

同事 B：頂多就是被打槍而已啦……

△同事倆說完就走……

△向立吐槽著……

向立：不懂不要在那邊……（懶得說了，反正他們也走了）

△向立看著手中的手機，一會兒後開始操作著……

△手機螢幕，向立不斷的在給「Rebecca」的訊息裡，輸入著：

你在生我的氣喔？

△按下送出——

場次	25	時間	**夜**	場景	**日子節攤位廠房外**
人物	**Rebecca、向立、環境人物（工作人員、拆除工人）**				

△日子節結束了……

△拆除工人正在拆除攤位的木作……

△同時工作人員也陸續撤出一些旗幟、礦泉水、其他物品，而 Rebecca 也在其中……

△ Rebecca 抱著撤場的東西走出了廠房，把東西按分類放在推車上，向

立的聲音傳來……

向立（畫外音）：為什麼不接我電話也不回我訊息？

△ Rebecca 看也不看向立的回了一句——

Rebecca：沒空。

△ Rebecca 又往廠房走去，向立追上……

向立：你在生氣對不對？

Rebecca：我在忙。

向立：我覺得你在生氣！

Rebecca：我為什麼要生氣？

向立：我對她早就沒感覺了！

Rebecca：干我什麼事？

向立：我真的只是開玩笑！

△ Rebecca 停下了腳步，看著向立……

Rebecca：一點也不好笑！

△ 向立卻笑了，說道……

向立：看吧，你就是在生氣。

△ Rebecca 卻更火了，她朝向立吼著——

Rebecca：對！我在生氣！但是跟你無關，因為生命裡還有比你、比談戀愛更重要的事！

△ Rebecca 掉頭，往園區暗處大步走去——

△ 向立要追，Rebecca 猛的回頭，嚴厲的說道——

Rebecca：不要煩我！

△ 向立停下腳步——

Rebecca：去談你的蠢戀愛！去過你的蠢日子！不要來煩我！

△ Rebecca 掉頭大步走去……

△ 向立沒再追向 Rebecca，他從來沒有看過這麼憤怒的 Rebecca，他只能錯愕目送……

△ Rebecca 消失在黑暗裡……

△ 向立這才又難過又生氣的吼著——

向立：對！我蠢！所以才看不出來你從頭到尾都在耍我！你根本就不想跟我談戀愛！

場次	26	時間	**夜**	場景	**Co-working space - 向立工作區**
人物	**向立、同事 A、B**				

△特寫：電玩遊戲裡角色正在廝殺……

△但我們聽不到電玩激烈的聲音，只聽見同事 A、B 的聲音……

同事 A（畫外音）：于向立你模建好沒？

△沒有回應……

同事 B（畫外音）：大哥，下個禮拜一要交捏。

△這時遊戲畫面彈出了一個訊息……

陳芷茵：你在幹嘛？

△帶著耳機玩著電玩的向立，有點鬍渣、有點狼狽，漸漸停下操作的手，盯著那行訊息，他想了一會兒拿起手機操作著……

△特寫手機螢幕，向立回覆「陳芷茵」：

要不要喝酒？

場次	27	時間	**夜**	場景	**辦公大樓外**
人物	**向立、Rebecca**				

△向立走出辦公大樓，突然有個人竄出、衝過來一把勾住他的脖子……

△向立嚇了一跳看去——

△是 Rebecca，她勾著向立大笑著……

△向立看著笑個不停的 Rebecca，從意外、到生氣、到生不了氣……

向立：喝醉囉？

△Rebecca 笑著、歪頭，很可愛的比著「一點點」的手勢……

△ Rebecca 還是笑著，越笑越嗨……

△ 向立看著，忍不住也釋然笑了……

△ 音樂起……

場次	28	時間	夜	場景	公寓樓梯
人物	向立、Rebecca				

△ 音樂中……

△ Rebecca 依舊美麗的笑著、拉著向立往樓上走去……

△ 有時候面朝著向立倒著走，向立快要貼近她的時候，Rebecca 又突然掉頭加快速度跑著……調皮的挑逗著向立……

△ 向立意亂情迷，卻又緊張的跟著……

場次	29	時間	夜	場景	Rebecca 家 - 客廳
人物	向立				

△ 客廳裡，向立侷促的站著，他看著因裝箱、打包而非常凌亂的客廳……

△ 音樂漸停……

△ 向立的手機響了，他趕緊從口袋拿出手機按了拒接（是「陳芷茵」來電）……他找了地方放下背包，順手撿起了掉在地上的東西，放在中島台上，上面放著「健康檢查報告書」，這時，他聽見 Rebecca 從臥室裡傳出來的聲音……

Rebecca（畫外音）：于向立。

△ 向立聞聲，頓了頓……然後緊張的往 Rebecca 的房間走去……

場次	30	時間	夜	場景	Rebecca 家 - 臥室
人物	向立、Rebecca				

△ 沒開燈的房間裡，因向立緩緩推開門而進入的光線，我們漸漸看到

了——拉背的Rebecca，正裸著身體坐在床上……

△向立沒料到，整個人都僵住了，站在那裡一動不動的盯著 Rebecca……

△Rebecca 開了口……

Rebecca：漂亮嗎？

△向立緊張著……

向立：……嗯。

Rebecca：真的嗎？把燈打開看清楚一點。

△緊張的向立聽話的找著開關、開了燈，卻不敢看向 Rebecca……

Rebecca：看我啊！

△向立緊張的看向 Rebecca……

Rebecca：喜歡我的乳房嗎？

△向立緊張得帶著咳音……

向立：……嗯。

△接著 Rebecca 伸出手壓住自己的右胸……

Rebecca：那如果這裡沒有了呢？只剩下一道很大的疤……你還會想跟我談戀愛嗎？

△向立沒聽懂，輕輕應著……

向立：……什麼疤……？

△Rebecca 停頓了一下說道……

Rebecca：我下週二住院，週三切除。

△向立還是搞不清楚……

向立：……什麼意思？

Rebecca：乳癌。

△向立怔住了……

Rebecca：于向立……我真的、真的，好想跟你談戀愛。

△Rebecca 的臉部特寫……她的眼裡含著淚，卻笑著說道……

Rebecca：……可能是因為我愛你，也可能是我自私、我太害怕了，所以才想抓住你……，我真的不確定……對不起我現在是沒有理智的，所以……只能交給你來選擇了。

△ Rebecca 等待著向立的選擇……

△ 向立一時間完全說不出話……

Rebecca：化療的藥物反應會讓頭髮都掉光，電療以後這邊會像烤過一樣……我可能會變得很醜、很狼狽……也許還會復發……你想跟這樣的人談戀愛嗎？

向立：……

△ 震驚的向立還是不知道該說什麼……

△ Rebecca 努力的擠出笑容……

Rebecca：你仔細想清楚喔，一定要想清楚……

△ 向立看著 Rebecca，卻仍說不出一個字……

Rebecca：手術前，我會在這裡等你，如果你還願意愛我……來找我。

△ Rebecca 笑著滑下了眼淚……

場次	31	時間	日	場景	某便利商店
人物	向立、慶芬				

△ 便利超商的落地窗內的用餐區，向立坐在那裡紅著眼睛望著前方……

△ 慶芬坐在向立旁邊的位子，她也紅著眼睛看著向立，等待著故事的後續……

慶芬：然後呢？

△ 但向立只是沉默……

△ 慶芬試探的問著……

慶芬：你……沒有去？

△ 向立沉默著……

△ 慶芬頓了頓，了解的點著頭，然後說道……

慶芬：原來……不好意思，打擾你這麼久。

△ 慶芬說完站起了身，離去，出了鏡……

△ 自責的向立依舊坐在那裡……

△ 但不一會兒，慶芬卻又再次匆匆入鏡，走近了向立，她忿忿的看著向立，試圖壓抑但還是衝口罵著……

慶芬：你不是愛她嗎？那有什麼好選擇的 ?!

△ 慶芬激動得紅了眼睛，繼續責罵著——

慶芬：你當下就應該給她一個緊緊的擁抱！給她勇氣！你們男人就是他媽的自私、根本不懂愛！她從來從來沒有像討飯一樣的去跟人家討愛，你想她那時候有多脆弱多惶恐多無助 ?! 你怎麼可以那——（被打斷）

△ 向立哽咽的打斷了慶芬——

向立：要是她死了我該怎麼辦 ?! 要是我中途就受不了放棄了她該怎麼辦 ?!

△ 向立隱忍的淚水終於滑落……

△ 慶芬頓住了……

場次	32	時間	**夜**	場景	**街道**
人物	**向立**				

△ 續 30 場……

△ 向立飛速的騎著機車，整個人混亂的思索著……

場次	33	時間	**夜**	場景	**餐酒館外**
人物	**向立、芷茵、環境人物**				

△ 向立的機車，急速停了下來，但視線還在前方——

△ 芷茵氣呼呼的站在餐廳外等待著……她看到了向立，瞪著他，然後氣呼呼的走到向立身旁，帶著委屈、以哽咽的聲音罵著向立——

芷茵：于向立你太過分了吧？

△ 向立轉頭看向她……

芷茵：你知道我等了多久？我可以走的耶！但是我又怕你出了什麼事 ?! 電話也不接、訊息也不回，你是怎——

△ 向立學著 Rebecca 說過的，抓住了「她」的雙臂就吻了下去……

場次	34	時間	日	場景	Rebecca 家公寓外
人物	向立				

△特寫手機螢幕（時間約莫早晨 8:00 左右），雨水打在螢幕上……

△訊息提示不斷一則一則的傳了進來——

陳芷茵：我覺得你好壞

陳芷茵：你都還沒解釋你昨天為什麼遲到那麼久

陳芷茵：晚上要不要看電影

陳芷茵：你還在睡喔

陳芷茵：醒來打電話給我

△全身濕透的向立坐在自己的摩托車上，淋著雨看著手機……他放下了手機，仰起頭看著上方……

△鏡頭拉開，原來他在 Rebecca 家的公寓外……

△畫面淡出……

場次	35	時間	日	場景	向立房
人物	向立				

△床上的手機響了……

△緊緊裹著被子的向立伸手接起，彼端立刻傳來了芷茵氣憤的聲音——

芷茵（彼端）：（哭腔）你到底是什麼意思？

向立：………

芷茵（彼端）：（哭腔）不想負責任就直接說啊！

△混沌中的向立終於發出濃濃的鼻音……

向立：你還在等我嗎……我現在就過去……

芷茵（彼端）：（釋然了）……你……不用上班喔？

向立：今天星期幾？

芷茵：星期一啊。

△向立猛坐了起來，頭痛……

場次	36	時間	**日**	場景	Co-working space - **入口到** Rebecca **工作區**
人物	**向立、環境人物**				

△向立匆匆走進了 Co-working space 往自己的位子走去，經過 Rebecca 的工作區時，他停下腳步，愣住了……

△Rebecca 的工作區裡，有兩個新的承租者正在工作……

△向立看著他們，突然掉頭就往外走……

場次	37	時間	**日**	場景	**公寓樓梯**
人物	**向立**				

△向立匆匆的爬著公寓樓梯，越接近 Rebecca 家，就越能聽見東西移動的動靜，他滿懷期待往上奔……

場次	38	時間	**日**	場景	Rebecca **家外、內**
人物	**向立、張哥**				

△Rebecca 家的門開著，裡面感覺有人影移動……

△向立立刻衝了進去——

△卻只見一個男人的背影正在打包東西……

向立：請問……？

△男人回過頭看了向立一眼……是 Rebecca 的哥哥，向立見過他……

張哥：請問什麼？

向立：⋯⋯Rebecca 她⋯⋯在醫院嗎？

△ 張哥很意外門口這個男人知道 Rebecca 生病的事，因此回過身，好好的打量了向立一眼⋯⋯

△ 向立急切的問著⋯⋯

向立：她在哪家醫院？

張哥：不知道啦。

△ 張哥繼續打包著⋯⋯

向立：拜託告訴我好不好？

△ Rebecca 的哥哥沉默了一會兒後說道⋯⋯

張哥：⋯⋯我妹很漂亮哃？

向立：⋯⋯

張哥：她說喔，她想要大家記住她很漂亮的樣子⋯⋯有幫她記著就好啦⋯⋯

△ 張哥說著走向了向立⋯⋯

張哥：但是她不給你愛了。

△ 張哥把向立推出門外，關上了門⋯⋯

△ 向立自責、無措的站在那裡⋯⋯

場次	39	時間	日	場景	便利超商
人物	慶芬、向立				

△ 慢動作：愧疚的向立，紅著眼睛坐在便利超商裡⋯⋯

慶芬 OS：其實我懂得那種逃避⋯⋯但是我無法原諒。因為在這個故事裡，我是另一個糾纏的粒子。

△ 慢動作：離去的慶芬從落地窗外劃過了他，出鏡了。向立依舊坐在那裡⋯⋯

△ 畫面漸黑⋯⋯

場次	40	時間	**日**	場景	**慶芬家 - 臥室**
人物	**慶芬、布布**				

△ 鏡頭移動著……暗黑裡有一道光線，來自沒關緊的窗簾……

△ 慶芬怔怔的躺在床上，從窗簾縫露出陽光灑在她的身上……

慶芬 OS：那天之後，時間突然變得好慢……「慢」這個字眼好像不太對，應該是好「深刻」，時間深刻到，我可以發現陽光的移動，可以聽見樓下傳來的腳踏車聲、布布開門的聲音，他走到我房間的聲——

△ 這時門邊傳來……

布布（畫外音）：馬麻你不舒服喔？

△ 慶芬茫然的看向門口……

慶芬：嗯？

△ 布布站在門口……

布布：你怎麼沒有叫我起床？

△ 慶芬這才回神，趕緊坐起……

慶芬：啊對不起對不起。

△ 慶芬邊說著，邊趕緊下了床……

場次	41	時間	**日**	場景	**慶芬家 - 廚房**
人物	**慶芬**				

△ 慶芬匆忙的幫布布做三明治……

慶芬：何布布你衣服換好沒？

慶芬 OS：生活其實還是一成不變。

場次	42	時間	**日**	場景	**小學附近**
人物	**慶芬、布布、環境人物**				

△ 慶芬在學校前的紅綠燈目送布布……

△ 布布回頭跟慶芬揮手……

布布：馬麻掰掰。

慶芬 OS：但我變了。我竟然開始喜歡這些不變。

場次	43	時間	**日**	場景	**慶芬家**
人物	**慶芬**				

△ 慶芬正在後陽台曬衣服……

慶芬 OS：並且發現了那些在不變裡的千變萬化……

△ 她突然發現對面鄰居陽台上一株像被遺棄的植物，看似要枯萎了，卻開出了一朵美麗的紅色花朵……

△ 慶芬停下了動作，決定仔細的欣賞那朵開在彼岸的花……

慶芬 OS：意識，跳進了另一個宇宙，原來這就是一念菩提啊。

場次	44	時間	**日**	場景	**佛具行**
人物	**慶芬、老闆（娘）**				

△ 櫃檯上放著一本精裝的《心經》、燒檀香的容器、一罐檀香……

△ 老闆正在跟慶芬解釋著……

老闆：經抄完以後，最後面就可以寫你這個是要回向給誰……

慶芬：喔寫在後面就好，那要怎麼寫呢？

慶芬 OS：我很好。

場次	45	時間	**日**	場景	**慶芬家 - 客廳**
人物	**慶芬**				

△ 茶几上檀香繚繞……

△ 慶芬正抄著心經……

慶芬 OS：妳，也一定很好。

△ 慶芬抄完最後的偈，在紙張尾端寫下：

願將抄經功德回向給 張怡靜

△ 這時，慶芬的手機響了……

△ 餐桌上的手機螢幕上顯示著來電者是「Sunny Wu」……

△ 慶芬拿起手機，接起……

慶芬：嗨 Sunny……

△ 慶芬聽著手機，神情漸漸變了，是一種「充滿希望」的神情……

慶芬：謝謝。謝謝。謝謝。

場次	46	時間	日	場景	辦公大樓停車場
人物	慶芬				

△ 慶芬提著行囊匆匆走在停車場，像要遠行的樣子……

△ 她四下張望，用車子遙控器尋找著瑞之的車子停在哪……

△ 她聽到了遙控鎖的回應，看到了不遠處瑞之的車子正閃著燈……

場次	47	時間	日	場景	會議室到瑞之辦公室
人物	瑞之、開會同事、其他環境人物				

△ 開完會的瑞之正走出會議室……

△ 一個同事跟在他後面說著……

同事：副總那我先過去囉？

瑞之：帶點飲料過去，該做的公關就要做。

同事：（為難）可財務那邊最近很機歪。

瑞之：跟我報帳。

同事：謝謝副總。

△ 同事轉身離去……

△ 瑞之往自己的辦公室走來，發現有訊息提示，他拿起手機邊走邊看著……漸漸停下了腳步……

慶芬 OS：不好意思，車我開走了，這陣子我需要用車……

場次	48	時間	**日**	場景	**辦公大樓停車場**
人物	**慶芬**				

△慶芬坐在駕駛座上，對著手機唸著手中字條上的地址：

慶芬：台東縣成功鎮（淡出）……

慶芬 OS：布布今天放學以後會直接去補英文，六點下課，造成你的不便，很抱歉。

△車子從陰暗的停車場，消失於外面的陽光燦爛……

慶芬 OS：我不太確定你還需不需要我的答案，但我還是試著回答你的問題，如果你已經做了決定，那麼以下文字請略過。

場次	49	時間	**日**	場景	**高速公路**
人物	**慶芬**				

△慶芬開著車子在高速公路上的特寫……

慶芬 OS：那當然不是愛。但是我有需要。我需要有人可以聽我說說話，緊緊的抱我一下，就算陪著我哭也好，在那段時間，如果有誰可以告訴我「簡慶芬你做得很好，辛苦了」，我就會在所不惜……

場次	50	時間	**日**	場景	**濱海公路**
人物	**慶芬**				

△車子開進了濱海公路，夕陽照著大海，好美……

慶芬 OS：可惜，那個人不會是你，也不能是你。因為我恨你。我恨你把我的愛視為理所當然……你的謝謝、辛苦了，都只會讓我更加的相信，我們之間只有感謝，沒有愛。……從嫁給你的那天開始我就一直不能停止的去想，如果是 Rebecca 呢？……我想通了，我不能一輩子望塵莫及，所以我要去一個地方……

場次	**51**	時間	**夜**	場景	**補習班**
人物	**瑞之、布布、環境人物**				

△ 瑞之站在補習班外等待著……

△ 下課的孩子陸續走出……

慶芬 OS：至於離婚，我只有一個條件，共同享有布布的監護權。我想你會同意，畢竟你是一個好人。

△ 布布走了出來，看見瑞之後興奮的喊著……

布布：把拔！

△ 瑞之笑著，布布衝向了他，興奮的問個不停……

布布：為什麼是你來接我？你要跟我跟馬麻一起吃晚餐嗎？

慶芬 OS：布布想吃拉麵，麻煩你了。

瑞之：馬麻有事，我們去吃拉麵好不好？

布布：耶！

△ 父子倆牽著手遠去……

慶芬 OS：PS，謝謝這些年來的每一個紅葉蛋糕。

場次	**52**	時間	**夜**	場景	**慶芬家 - 臥室**
人物	**瑞之**				

△ 床頭櫃上放著慶芬的那個太小的戒指……

△ 瑞之坐在他與慶芬的雙人床沿，看著戒指思索著……好一會兒，他拿出手機操作著……

△特寫手機螢幕：是準備要發給「簡慶芬」的訊息……游標一直閃爍著，卻始終沒有輸入……

場次	**53**	時間	**夜**	場景	**台東成功**
人物	**慶芬、Rebecca**				

△ 入夜的安靜小漁港，慶芬有點迷了路，她停下車、下了車，看著附近

門牌……

△慶芬張望著四下，想找個人問路，但小鎮的人們休息得早，竟遍尋不到人煙……

△終於，在不遠處的堤防上，慶芬看到了一個散步人影，慶芬趕緊湊近了一些，揚高了聲音……

慶芬：不好意思……

△那個人回過頭，看向慶芬的方向……

△慶芬趕緊往堤防奔去，卻漸漸停下腳步，因為她發現，那個人好像……正是 Rebecca……

慶芬：是妳嗎？

△Rebecca 也詫異的看著慶芬，不解的問著……

Rebecca：是我嗎？

△她們隔著距離，互看著彼此……

待續……

我很仰賴我的助理在幫我校稿後給我的意見。我記得全套劇本書寫完後，她的心得是：很好看、很徐譽庭，但是………

我簡單彙整她的「但是」：總之，她猜測觀眾一定期待著這個故事的發展是瑞之外遇，Rebecca 展開復仇，然後慶芬和她開始廝殺。我的劇本雖好看，但現在觀眾喜歡快轉、倍速，喜歡在刺激的情節裡享受快感，而我的故事需要靜下來感受，少了那些最大賣的因素——推理、報仇、愛恨交織。

她說的沒錯。我已經變成不夠流行的編劇了。

但，我還是想用徐譽庭的風格溫暖一些人。如果看完第八集，你被我溫暖了，那麼，便值得我驕傲了。

第八集

場次	1	時間	**夜**	場景	**堤防**
人物	**慶芬**、Rebecca				

△ 她們隔著一段距離看著彼此……

△ 慶芬一臉「終於找到了」的欣慰

△ 而 Rebecca 卻是詫異與不解

慶芬：還記得我嗎？……簡慶芬。

△ Rebecca 當然認得出慶芬，但她不解的是——

Rebecca：你是來……找我的？

慶芬：Sunny！她是我以前的同事。

△ Rebecca 懂了……

△ 慶芬苦笑了笑……

慶芬：又是一個我們之間的「好巧」。

△ Rebecca 想回以一笑，但力不從心，她只是揶揄著慶芬可能來找自己的目的……

Rebecca：何瑞之不在我這。

△ 慶芬笑出。之後收起笑容、滿懷誠意的看著 Rebecca，整理了一下該怎麼說明來意……

慶芬：這些年來我一直在心裡跟一個人說話，本來以為那個人是何瑞之，後來才知道……其實我是在對你說。

△ Rebecca 饒富興味的看著慶芬……

慶芬：我跟你說了很多很多，而且都是一些平常不會說的、也不知道可以對誰說的。譬如剛剛在來的路上我說……我需要一個敵人。

△ Rebecca 微微的皺起眉頭……

Rebecca：……我？

△ 慶芬笑了笑，默認……

慶芬：所以你必須好好活著。

△ Rebecca 怔了一下……

△ 慶芬看著她，不想讓 Rebecca 誤會自己居高臨下，所以說出了自己的窘境……

慶芬：何瑞之要跟我離婚。

△ Rebecca 看著慶芬，但神情並不意外，甚至還刻意透露著「我早猜到有這一天」……

△ 慶芬直接解答……

慶芬：出軌。……我。

△ 這下 Rebecca 意外了，笑了出來……

慶芬：所以你可以收留我一陣子嗎？

△ Rebecca 沉默著，忖度著「為什麼是我」……

慶芬：有一些話我想當面對你說。

△ Rebecca 聞言，沒有直接回答。她望向遠方、思索了一會兒後才說道……

Rebecca：你做的菜好吃嗎？

慶芬：被何瑞之他媽嫌了十二年，你覺得呢？

△ Rebecca 理解、笑了，想了想後說道……

Rebecca：我好想吃麻辣火鍋，你會嗎？

慶芬：你可以吃那麼刺激的嗎？

△ Rebecca 淡然的說道……

Rebecca：反正已經擴散了。

△ 慶芬沉默了，而後堅定的說道——

慶芬：會啊。做了就會了。

場次	2	時間	夜	場景	港邊的小屋內
人物	慶芬、Rebecca				

△ 從窗戶看進去，屋子裡亮著溫暖的燈，屋裡放著些屬於原屋主的、不太講究的家具……

△ 慶芬在餐桌前，正專注的看著筆電，唸著……

慶芬：八角、小茴香……

△ 隔著距離、坐在「三人份藤製沙發」上的 Rebecca，雙腿曲在胸前，在膝蓋上的筆記本上記錄著，寫完後提示了一聲——

Rebecca：嗯。

△ 慶芬看著 Rebecca……

△ Rebecca 感覺到了，也看向慶芬……

慶芬：為什麼會選擇這裡？

Rebecca：不知道，就……喜歡漁港的味道，有一種回家的感覺……聽說我爸是跑漁船的。

慶芬：……我爸外遇以後我們就很少聯絡。他一直住在女朋友那裡。

△ 慶芬說完後，視線又回到電腦接著唸……

慶芬：桂皮、荳蔻……

△ Rebecca 寫完後又說道……

Rebecca：出軌的感覺很爽嗎？

慶芬：……可能吧。但我的沒有。

△ 慶芬苦笑了笑，繼續唸著……

慶芬：乾辣椒、花椒……

Rebecca：「椒」怎麼寫？

慶芬：一個木，一個叔叔的叔。

△ 淡出……

場次	3	時間	**日**	場景	**中藥行**
人物	**慶芬、老闆**				

△ 慶芬正在櫃檯前等著老闆拿材料……

慶芬：還要一點荳蔻。

△ 慶芬看著 Rebecca 的小抄，笑了笑……

慶芬：（喃喃）還是寫錯了……

△ 小抄上，Rebecca 的「椒」被塗改了好幾次，最後寫成了「ㄐㄧㄠ」……

場次	4	時間	**日**	場景	**中藥行外、街道**
人物	**慶芬、Rebecca**				

△ 瑞之的車子停在中藥行外。

△ 慶芬拿著材料走出中藥行，放進車後座，卻發現 Rebecca 不在副駕，她直起身體尋找著……

△ 只見不遠處，Rebecca 吃力的拿著一床新買的被子，正緩步走了過來……

△ 慶芬趕緊關上車門，朝 Rebecca 奔去，接手……

慶芬：怎麼不等我一起去買？

△ 兩人一路往車子走去，慶芬放慢速度，讓略喘的 Rebecca 可以跟得上……

慶芬：被子不夠？

Rebecca：你昨天不是冷得起來穿外套？

慶芬：你沒睡？

Rebecca：……

△ 慶芬有點歉然……

慶芬：還是我睡客廳好了？

△ Rebecca 看著慶芬，一笑

Rebecca：你畢竟是客人啊。

△ Rebecca 怕慶芬擔心，又補了一句……

Rebecca：我本來就難睡。

△ 她們上了車，沒什麼話……

場次	5	時間	日	場景	港邊的小屋 - 臥室
人物	慶芬、Rebecca				

△ 慶芬正在單人床旁的地板上，用新買的被子布置著自己睡覺的區域……

△ 外頭傳來了……

Rebecca（畫外音）：欸，你那鍋一直在冒泡欸。

慶芬：喔我來了。

△ 慶芬趕緊走了出去……

場次	6	時間	夜	場景	港邊的小屋 - 餐桌
人物	慶芬、Rebecca				

△ 已經冷掉的麻辣火鍋沒什麼動……

△ 慶芬和 Rebecca 對坐在餐桌，因為生疏，有一搭沒一搭的說著話……

Rebecca：詹記也不錯。

慶芬：我吃過一次。

△ Rebecca 笑笑，生疏的回應……

Rebecca：我最愛橋頭，麻辣和清鍋都好好吃。

慶芬：橋、頭？

Rebecca：橋的那一頭。

慶芬：喔。……沒吃過……回台北再去試試。

△ 沉默……

慶芬：你吃過藍公館嗎？

Rebecca：以前好喜歡吃藍寶寶。

慶芬：好像沒了喔？

Rebecca：好像。

△ 有些東西，就是會「沒有了」，於是她們又一陣沉默……

△ Rebecca 看向桌上的麻辣鍋……

Rebecca：你這個……

慶芬：（接話）真的不行。

△ Rebecca 因慶芬的坦白而笑了……

△ 慶芬也笑了……

△ 兩人似乎「近了」一點……

△ Rebecca 突然想到——

Rebecca：有王子麵嗎？

慶芬：王子麵是一定要的！

△ 慶芬趕緊起身去流理台拿王子麵，Rebecca 也幫火鍋爐開了火，她們又動了起來……

場次	7	時間	**日**	場景	**海邊**
人物	Rebecca、**慶芬**				

△ Rebecca 站在岸邊看著海……

△ 慶芬拿著毯子、搬著一個小型的塑膠儲物箱走來……

△ 慶芬在離海稍遠的地方放下，從儲物箱裡拿出了毯子，鋪了一個區塊，風大，老是鋪不好……

慶芬：幫我坐一下。

△ Rebecca 回頭看去，走去，幫慶芬坐在毯子的一角……

△ 慶芬又從儲物箱裡拿出了食物……

△ Rebecca 看著她，說道……

Rebecca：家庭主婦真的不一樣。

△ 慶芬笑笑……

慶芬：謝謝稱讚。

△ 說到「讚」，慶芬突然想起，抬起頭看著 Rebecca 說道……

慶芬：你知道我有按你讚嗎？

Rebecca：……嗯。

△ 慶芬笑了……

慶芬：總算沒有白費心機。

△ Rebecca 也笑了……

△ 慶芬忙完也坐下了……

△ 一人一邊，隔著放了食物的距離，慶芬打開了一盒壽司給 Rebecca……

△ Rebecca 接過，吃著，一會兒後說道……

Rebecca：其實我設公開就是想讓你看見。

△ 慶芬看向 Rebecca，原來……

Rebecca：每一篇 PO 文我都改了又改，字字斟酌……不斷的想……她看了會有什麼感覺 ?!

△ 慶芬玩味了一下才說道……

慶芬：有點爽欸……原來我也被「在意」。

△ Rebecca 笑了……

Rebecca：還差點加你好友。

△ 慶芬笑問……

慶芬：想知道我跟何瑞之過得有多糟？

△ Rebecca 默認的笑著……

Rebecca：也想知道……他有沒有遺憾？

△ 慶芬懂得……吃了會兒食物後說道……

慶芬：他不好追，讓我吃了好多軟釘子。……他還跟我說過……永遠不會放棄你。

△ 慶芬感慨的笑了笑後繼續說著……

慶芬：結果那句話變成了……（思索用字）鬼。……（慶芬笑出）對啊，我的生活一直在鬧鬼。

△ 看著海的 Rebecca 也笑了笑……

Rebecca：最後他還是放棄啦。

△ 慶芬看著海，沉默了一下後說道……

慶芬：有個秘密，好像只能跟你說了……

△ Rebecca 看向慶芬……

△ 下一場回憶的聲音先 in……

場次	8	時間	日	場景	客戶公司 - 會客室
人物	慶芬、瑞之、男同事、客戶四人				

△ 瑞之與慶芬正在拜訪客戶……

△ 客戶當中看來跟瑞之比較熟的一人說道……

客戶 A：跟你講啦，外派的意思就是「回來準備升官」！

其他客戶：（附和）真的真的。

△ 瑞之笑著說……

瑞之：好啦升官一定請客好不好 ?! 反正我不在的時候這兩個務必要照顧一下！

△ 慶芬趕緊笑著說道……

慶芬：要是我哪裡做不好，一定要直接跟我說喔。

客戶 A：放心啦，不會去找瑞之告狀的。

△ 眾人笑著……

△ 瑞之接著介紹慶芬旁邊的另一個男同事……

△ 同時，慶芬感覺到大腿上的包包裡的手機震動著……她偷偷拿出瞄了一眼……

△ 特寫手機螢幕，來電的是——

何媽媽

△ 慶芬思索著要不要接……

△ 而瑞之同步的介紹男同事……

瑞之：小賓還沒有見過吧？他剛進我們公司。

△ 男同事趕緊起身招呼著，同時一一遞著名片

△ 慶芬看大家在交換名片，跟瑞之說……

慶芬：有個重要電話……

△ 瑞之示意要慶芬去接。

△ 慶芬拿著手機到外面去了……

場次	9	時間	日	場景	**客戶公司外 - 走廊**
人物	**慶芬**				

△ 慶芬一臉詫異的笑容聽著手機，不太確定的問著……

慶芬：何媽媽你是說……我去住你們家喔？

何媽（彼端）：對啊！來跟我作伴啊！

△ 慶芬一臉的不解的尷尬笑著……

慶芬：這樣好嗎？

場次	10	時間	日	場景	**瑞之老家 - 客廳**
人物	**何媽**				

△ 何媽對著家用電話開心的說道……

何媽：傻啊你！何瑞之心最軟了，他去上海你來照顧我、陪我，他當然會感動啊對不對 ?! 再說啊，難免有些閒言閒語會傳到那個雷掰咖那裡，這麼一來他們就不可能再和好了嘛！（後續：對不對！這不是剛好？……所以你明天就搬過來！）

△ 慶芬的畫外音，壓過何媽媽的後續語言……

慶芬（畫外音）：……說不定何瑞之到現在都沒有放棄（繼續）……

場次	11	時間	日	場景	**街道**
人物	Rebecca、**慶芬、貨卡車的駕駛、警察**				

△ Rebecca 的手機螢幕正拍著慶芬：她正在致歉（慶芬：不好意思，下次我一定會注意，不好意思……謝謝）……

△ 慶芬說明的畫外音繼續……

慶芬（畫外音）：只是心軟而已……

△ 手機螢幕移動，掃向兩車擦撞處……

△ 鏡頭拉開，原來慶芬跟卡車擦撞……

△ 慶芬正在與另一個車主及警察處理……Rebecca 拿手機記錄著車禍的狀態，她繼續拍著瑞之車子損害的狀態……

△ 瑞之的車子，保險桿受了傷，有點搖晃……

△ 貨車走了、警察走了，慶芬走向 Rebecca……

△ Rebecca 看向她……

△ 慶芬無奈的苦笑……

慶芬：上車吧。

Rebecca：要不要叫何瑞之聯絡一下保險公司？

△ 慶芬想了想，說道……

慶芬：算了啦，我都沒跟他要贍養費了，一個保險桿而已。

△ 慶芬笑了笑，她們上了車……

Rebecca：出軌的是你，你憑什麼跟他要贍養費？

慶芬：憑我會賴他一輩子……（感謝）

場次	12	時間	**夜**	場景	**屋外**

△ 這夜大雨……

場次	13	時間	**夜**	場景	**港邊的小屋**
人物	**慶芬、Rebecca**				

△ 她們坐在沙發的兩端、吃著零食，看著茶几上的筆電，筆電正播放著韓劇，因劇情她們都甜蜜的笑了……

Rebecca：玄彬真的好帥喔。

慶芬：那個酒窩迷死人了。

Rebecca：演技又好。

△ 她們繼續看著……

慶芬：李亞仁也好帥。

△ Rebecca 看也不看慶芬，直接糾正道……

Rebecca：「劉」亞仁。

△ 慶芬一愣……

慶芬：「李」吧 ?!

△ Rebecca 拿起一旁的手機，查詢著，然後遞給慶芬……

△ 慶芬看著……

慶芬：嗯，你又贏了。

△ Rebecca 笑出……

△ 慶芬把手中的零食遞給 Rebecca……

慶芬：明天想吃什麼？

場次	14	時間	日	場景	港邊的小屋 - 臥室
人物	Rebecca、慶芬				

△ Rebecca 的狀況不好，蜷曲在床上忍著痛楚……

△ 慶芬焦急的拿著熱水袋走了進來，趕緊拿熱水袋幫著 Rebecca 摀著，Rebecca 推開了熱水袋，痛苦煩躁的說道……

Rebecca：不要！走開！

△ 慶芬無措的看著 Rebecca……

△ Rebecca 再次憤怒的吼著……

Rebecca：你就是想看我死對不對 ?! ………走！開！

△ 不知道該怎麼辦的慶芬只好出去了……

場次	15	時間	**夜**	場景	**街道 - 車上**
人物	Rebecca、**慶芬**				

△慶芬焦急的駕著車……

△導航不斷的發出提示……

導航：前方三百公尺處岔路向右行……

慶芬：（焦慮喃喃）三百公尺是哪裡……岔路…岔路……

△後座痛苦的 Rebecca 裹著被子蜷曲著身體側躺著……她緊緊的抓著被子、顫抖著……

△慶芬錯過了岔路，自責的罵了聲……

慶芬：幹！

△慶芬煞了車，倒車……

△Rebecca 痛苦著……她睜開了眼，看見……

△在副駕座椅的底下，一個布布遺下的一個玩具，是小小的仿真汽車……

場次	16	時間	**日**	場景	**（花蓮）醫院 - 急診處**
人物	**慶芬**、Rebecca、**環境人物**				

△睡在病床上的 Rebecca 正吊著點滴，她好多了……

△而慶芬陪坐在病床沿，她平靜的望著急診室裡發生的故事……

△有個掛急診的孩子被母親抱著、哄著……

△慶芬心裡感觸著……

△突然，慶芬感覺有個東西放在她的手裡，慶芬看去——

△是那個布布掉在車底的小汽車……

△慶芬看著它（想兒子），又看向 Rebecca……

△Rebecca 虛弱的張著眼，視線一直停在慶芬手中的那個小汽車（知道慶芬在想兒子）……

慶芬：要不要喝水？

△ Rebecca 沉默了一會兒後說道……

Rebecca：本來還在擔心……萬一到了五十歲……還存不到一千八百萬的話……要怎麼退休……

△ Insert 第一集，29 場 Rebecca 的發文，於第二集第 10 場拍攝時，實拍 Rebecca 在筆電前輸入發文的狀態

△ 現實——

△ 慶芬終於懂了 Rebecca 那則 PO 文的真實意思……

Rebecca：現在不用擔心了……也不錯。

△ 慶芬一陣心疼，努力想著安慰詞……

慶芬：那我不是慘了，又沒有工作能力，又要繼續活著……

△ Rebecca 苦中作樂的笑了笑……

Rebecca：你又輸了。

△ 慶芬幫 Rebecca 整了整亂髮……

慶芬：對啊。

場次	17	時間	**夜**	場景	**港邊的小屋 - 房間**
人物	Rebecca				

△ 洗完澡的 Rebecca 正以吹風機吹著短髮，關掉吹風機後她聽見……

△ 外頭慶芬講電話的聲音傳了進來……

慶芬（畫外音）：本來要回去啦，可是馬麻真的很想多陪陪我朋友……

△ Rebecca 靜靜的聽著……

慶芬（畫外音）：是一個很重要的朋友……

△ Rebecca 玩味著……

場次	18	時間	**夜**	場景	**港邊的小屋外**
人物	**慶芬**				

△ 慶芬坐在屋外，含笑對著手機講著

慶芬：那你要乖乖聽把拔話喔……嗯，love you……掰掰……你先掛啊……你先嘛……因為我是馬麻啊！……掰。

△ 慶芬聽著、掛上手機，看著手機，陷入想念……

場次	19	時間	日	場景	**慶芬家 - 客廳連廚房**
人物	**瑞之、慶芬、Rebecca、布布**				

△ 一個主觀（慶芬）的感覺……從客廳慢慢前進到廚房……

△ 廚房裡，瑞之正在做菜的背影，讓人好有安全感……

△ 客廳傳來，有人進門的聲音……

△ 瑞之聽見了，趕緊擦了擦手走出廚房……

△ Rebecca 走了進來，看到瑞之……

△ 瑞之笑了笑……

瑞之：開了幾小時？

Rebecca：你家簡慶芬開車真的超慢。

瑞之：那是你說的喔。要是我說的話就是——所以 Rebecca 車開的比我好是不是？

△ 這時在 Rebecca 後方的慶芬，提著行囊走了進來……

慶芬：布布呢？

瑞之：何布布，你看誰回來了！

△ 布布興奮的從房裡衝了出來……

布布：馬麻！

△ 布布衝去抱住慶芬，慶芬也緊緊的抱了布布一會兒後示意著……

慶芬：叫阿姨。

Rebecca：姐姐就好。嗨，還記得我嗎？

布布：你說不要把自己好不容易得到的東西讓給別人。

Rebecca：我有這樣說過喔？

布布：嗯，溜直排輪的時候。

Rebecca：原來我都說些自己做不到的話。

△ 瑞之笑了笑……

瑞之：十分鐘後開飯。布布去準備碗筷。

布布：OK。

△ 瑞之、布布轉進廚房的同時，慶芬對 Rebecca 說道……

慶芬：去坐著休息一下。

△ 慶芬拿著行囊走進臥室，再出來時邊嚷著……

慶芬：欸何瑞之（頓）——

△ 沒有人……

△ 慶芬茫然的看著……

△ 整間屋子都是空的……誰都不在。

場次	20	時間	**夜**	場景	**海邊小屋 - 臥室**
人物	**慶芬**、Rebecca				

△ 慶芬張開眼的同時滑下了眼淚……

△ 她坐起了身，發現 Rebecca 抱著雙膝坐在床上……

慶芬：又不舒服？

△ Rebecca 沒變姿勢……

Rebecca：做了一個夢。……何瑞之來接你。

慶芬：是捨不得我走？還是何瑞之讓你睡不著？

Rebecca：……我來不及化妝。

△ Rebecca 哭了起來……

△ 慶芬懂得……

場次	21	時間	**夜**	場景	**海邊小屋 - 客廳**
人物	**慶芬**、Rebecca				

△ 她們邊化著妝……

慶芬：你後悔過嗎？

Rebecca：哪件事？

慶芬：放棄何瑞之。

△ Rebecca 對著鏡子笑了笑……

Rebecca：「我後悔」會讓你比較爽是不是？

慶芬：也許。

Rebecca：那麼愛何瑞之幹嘛出軌 ?!

慶芬：因為他不愛我。

△ Rebecca 沒停下手上的動作，很平靜的說道……

Rebecca：好自私喔。就只在乎你自己的感受。如果是真的愛何瑞之，不管他愛不愛你，都影響不了你吧？所以你愛的根本是你自己。

慶芬：你不是嗎？如果真的愛何瑞之，就算被他媽討厭一輩子又怎樣？

Rebecca：我是讓他去好好的做一個孝子。

慶芬：是想做他心裡永遠的微笑吧。

△ Rebecca 怒了——

Rebecca：你害我的眼線畫歪了！

△ 慶芬看去，然後拿起棉花棒幫 Rebecca 修正……然後，Rebecca 說道……

Rebecca：再來一次我還是會離開他……還是會後悔……

△ 慶芬停下動作，Rebecca 拿鏡子照著自己，說道……

Rebecca：這樣也好不是嗎？要不然何瑞之才剛失去媽媽，又要失去一個他媽媽超級討厭的人，也太倒楣了吧。

△ Rebecca 放下鏡子，看著慶芬，一會兒後說道……

Rebecca：我那個以後……你幫我化妝吧，我不要一堆紅紅綠綠的好俗喔，就像你現在這種就好……

慶芬：那衣服呢？

Rebecca：我有好幾件買了還沒來得及穿的，不知道該選哪一件。你幫我選好了。

慶芬：其他的送我？

Rebecca：休想。全部燒給我。

△ 慶芬笑了……

△ Rebecca 也笑了……

場次	22	時間	**日**	場景	**港邊的小屋**
人物	Rebecca、**張哥、慶芬**				

△ 張哥正在接著一台二手電視機……

△ Rebecca 躺坐在沙發上看著……

△ 這時慶芬提著市場買回來的東西走了進來……

△ 張哥看去……

△ 慶芬不認識張哥……

△ Rebecca 輕描淡寫的介紹著……

Rebecca：我哥。

△ 慶芬笑笑打著招呼……

慶芬：你好。

△ 張哥笑著說道……

張哥：我還以為你說的「好朋友」是男的咧。

△ 慶芬聽到「好朋友」一陣感觸的看著 Rebecca 在沙發上的背影……

張哥：（對慶芬）謝謝你來陪我妹捏！

慶芬：不會啦，我應該的。

Rebecca：對啊，她欠我的。

△ 慶芬笑看了 Rebecca 一眼，往內走去，邊揚聲……

慶芬：大哥要不要留下來一起吃飯？

張哥：很想捏，啊不過下班之前要趕回台北給老闆看啦……張怡靜說你喜歡看電視就一直給我催，我是給老闆摸魚跑來的啦。

△ 慶芬聽著，欣慰著……

△ 音樂起……

場次	23	時間	**夜**	場景	**港邊的小屋**
人物	**慶芬**、Rebecca				

△ 音樂中……

△ 她們又坐在沙發上，看著電視，兩人都因劇情哭了……

場次	24	時間	**日**	場景	**港邊的小屋外**
人物	**慶芬**、Rebecca				

△ 音樂中……

△ 慶芬正在屋外種了一排紅色的花……

△ 音樂停下……

△ Rebecca 推開門探頭、伸著手機說道……

Rebecca：簡慶芬！

△ 慶芬回頭看去……

慶芬：喔。

△ 慶芬把手弄乾淨之際，Rebecca 想起什麼、對著手機說道……

Rebecca：忘了跟你說，謝謝你把馬麻借給我。

△ 慶芬笑了，接過手機……

慶芬：哈囉，你好不好？

場次	25	時間	**夜**	場景	**港邊的小屋 - 餐廳**
人物	Rebecca、**慶芬**				

△ 她們對坐吃著晚餐，兩個人都是舒適而自在的姿勢……

△ 慶芬喝著紅酒，說道……

慶芬：她說一直要燒到醬汁都乾了，至少兩個小時。

△ Rebecca 吃著紅燒牛肉……

Rebecca：真的滿像她做的。

慶芬：是嗎？

Rebecca：十二年果然沒白費。

△慶芬笑了，想到照顧何媽的那段時間……

慶芬：那時候真的好希望她快點走……我想就算是還債應該也差不多了吧？

△ Rebecca 理解的苦笑，喝了紅酒……

慶芬：不過我還真沒想到……她走了以後我反而不知道自己該做什麼、能做什麼、可以做什麼……（繼續）

場次	26	時間	**昏**	場景	**慶芬家 - 客廳**
人物	**慶芬、何媽媽**				

△慶芬坐在何媽媽的病床上……

慶芬（畫外音）：甚至……我其實還滿想她的……那陣子經常坐在她的病床上發呆，一個上午，又一個下午……

△突然旁邊傳來何媽媽的聲音——

何媽媽：（斥責）都幾點了！你還不去接布布 ?!

△慶芬聞聲看去——

△沒有人……

△好一會兒，慶芬才回神，看了時間，這才焦急的忙著去接布布……

場次	27	時間	**日**	場景	**港邊的小屋外**
人物	Rebecca、**慶芬**				

△慶芬曬著衣服……

△ Rebecca 坐在門口曬著太陽……苦笑感嘆著……

Rebecca：何媽媽啊……

△慶芬看向天空，笑著嘆了口氣……

Rebecca：確定是乳癌那天，我以為我已經做好了心理準備……結果從醫生嘴裡聽到答案，整個人還是被雷劈了一樣……就一直走一直走，不知道什麼時候莫名其妙的坐上了一班捷運……

場次	28	時間	**日**	場景	**捷運上**
人物	**Rebecca、抱小孩的婦人、男乘客、其他環境人物（留意博愛座上的乘客安排）**				

△車廂內略擁擠，Rebecca坐在博愛座上，怔怔的發著呆……

△Rebecca前方站著一個抱小孩的婦人，不穩的拉著柱子……

Rebecca（畫外音）：腦子裡亂七八糟的胡思亂想……後來我竟然開始算，我那個即將失去的乳房，有誰看過？撫摸過？親吻過？

△突然有個聲音不客氣的冒出——

男乘客（畫外音）：這是博愛座喔！

△原來是有個男乘客打抱不平——

△但Rebecca沒有反應，她根本沒察覺是在跟自己說話……

△抱小孩的婦人跟男乘客說……

婦人：沒關係啦，謝謝。

△男乘客卻再次挺身而出……

男乘客：小姐！你沒看到人家抱小孩嗎？

△Rebecca回神了，抬起頭看向那個幫婦人跟打抱不平的男乘客……

△男乘客嚴厲的說道……

男乘客：請你讓座！

△Rebecca一動不動，淡然的對男乘客說道……

Rebecca：你看不出來我得了乳癌嗎？

△男乘客當下不知道該說什麼……

△四下的乘客都忍不住的偷偷看向Rebecca……

Rebecca（畫外音）：原來只有十二個……

場次	29	時間	**夜**	場景	**Rebecca家-客廳**
人物	Rebecca				

△特寫手機螢幕：通訊錄不斷的被滑著……

Rebecca（畫外音）：好少喔。

△ 沒開燈的客廳裡，Rebecca 在沙發上滑著手機⋯⋯

△ 手機傳來來電鈴聲⋯⋯

△ 手機螢幕顯示：是「（小于）向立」的來電—被按了拒接，通訊錄繼續被滑動⋯⋯

Rebecca（畫外音）：早知道當初應該更荒唐一點才划得來。

場次	30	時間	**夜**	場景	**港邊的小屋 - 臥室**
人物	Rebecca、**慶芬**				

△ 深夜

△ Rebecca 睡在床上、慶芬睡在地板上，她們繼續說著話⋯⋯

△ Rebecca 自嘲笑著⋯⋯

△ 慶芬聽著，暗暗心疼著⋯⋯

Rebecca：然後我就開始傳訊息給那十二個人——記得我的乳房嗎？它漂亮嗎？

△ 慶芬不敢置信⋯⋯

慶芬：真的假的？

Rebecca：真的啊。

慶芬：他們有回你嗎？

Rebecca：回的大部分都是老外⋯⋯你在巴黎嗎？晚上有空讓我見見那對我想念的乳房嗎？

△ 慶芬笑了⋯⋯

慶芬：男人啊！

△ Rebecca 也笑著感慨⋯⋯

Rebecca：男人啊⋯⋯（突然想起）啊！我還收到一個比較特別的。

△ Rebecca 說著翻身拿起床頭的手機，開始操作尋找，然後拿給床下的慶芬⋯⋯

△ 慶芬看著⋯⋯

△ Rebecca 就垂著上身在床沿，一起看著⋯⋯

△ 慶芬看完問著……

慶芬：罵這麼狠？誰啊？

Rebecca：總經理的老婆。

△ 慶芬驚訝的看著 Rebecca……

慶芬：總經理？……我們那個總經理？

△ Rebecca 壞壞的笑著……

慶芬：你跟他？……你真的夠荒唐耶……但是你傳給他老婆幹嘛？

△ Rebecca 横了慶芬一眼——

Rebecca：我只是壞，沒有瘋！當然是他老婆偷看他手機。

△ Rebecca 躺回了床上……

△ 慶芬依舊感慨著……

慶芬：天哪……總經理……

△ 慶芬感嘆完，突然想到了——

慶芬：那（頓住）——

△ 慶芬其實想說「那瑞之也收到了嗎」，但她打住了、沉默了……

△ Rebecca 猜到了，也沉默了一會兒後說道……

Rebecca：問啊。

慶芬：問什麼？

Rebecca：你現在在想的問題啊。

△ 慶芬知道 Rebecca 察覺了她的想法，於是開了口。

慶芬：……有嗎？

Rebecca：……而且我還跟他見了面。

△ 慶芬的心臟沉了一下……但她沒有勇氣知道答案，只能試探……

慶芬：所以我根本不用自責對不對……

Rebecca：……嗯。

△ 慶芬聽到 Rebecca 的輕輕的「嗯」，心更沉了……

△ 一會兒後，Rebecca 翻過身去、背對慶芬說道……

Rebecca：晚安。

慶芬：報過仇之後，應該會睡得很好。

Rebecca：（低聲）我也是這麼想。

△ 慶芬內心忿忿著，她張著眼睛看著天花板，好一會兒後突然起身走出了房間……

△ Rebecca 側躺在床上，張著眼聽著慶芬的動靜……

△ 一會兒大門被關上的聲音傳來，再一會兒後，瑞之車子發動的聲音響起……

△ Rebecca緩緩的閉上了眼……

△ 車子開走的聲音傳來，畫面淡出……

場次	31	時間	日	場景	港邊的小屋內、外
人物	Rebecca、慶芬				

△ 特寫胡蘿蔔送入榨汁機的畫面，發出難聽吵雜的聲音……

△ 蔬果陸續被一條一條的送入機器，中間停頓的空檔，冒出了 Rebecca 的聲音——

Rebecca（畫外音）：（尖酸的）不是走了嗎？

△ 正在榨蔬果的慶芬動作沒有停頓，也沒回應……

△ 靠在房門邊的 Rebecca 繼續說道……

Rebecca：喔。因為你想親眼看著我死了才會安心。

慶芬：（尖酸）你現在這個樣子有什麼好不讓我安心的？

△ 慶芬把榨好、裝杯的蔬果汁，放在餐桌上……

△ Rebecca 受傷了，她狠狠的看著慶芬尖酸的說道……

Rebecca：什麼有話要跟我說 ?! 根本就只是想知道何瑞之有沒有把柄！

慶芬：對啊，這樣你死了以後我就可以很幸福的過完我的人生了。

Rebecca：滾啦。不要在那假惺惺。

△ 慶芬也狠狠的看著 Rebecca……

慶芬：「假」至少不會折磨人。我可沒有讓于向立那類的傻男人白白浪費生命在那裡痛苦自責。

△ Rebecca 狠狠的瞪著慶芬……

△ 慶芬繼續又狠又冷的笑著說著……

慶芬：就因為你快死了所以我們就活該喔？沒有人對不起你欸！全都是你自己放棄的好嗎 ?! 好好一個于向立被你弄成行屍走肉，你很得意嗎？什麼心裡的微笑，根本就是魔鬼！

△ 憤怒的 Rebecca 紅了眼睛，她狠狠的瞪了慶芬一眼後，扭頭走向了屋外……

△ 慶芬停在那裡，漸漸有點自責……

場次	32	時間	**日**	場景	**堤防**
人物	Rebecca、**慶芬**				

△ Rebecca 站在那裡，她不想哭，卻還是憋不住，緊閉著嘴巴，心裡的哽咽壓抑不住的啜泣著……

△ 慶芬走來，一路走到 Rebecca 的面前……

△ Rebecca 撇頭不看她……

△ 慶芬緊緊的抱住了 Rebecca……

慶芬：對不起。

Rebecca：（憤怒）不要同情我！

△ Rebecca 終於放聲大哭了起來……

△ 慶芬更是緊緊的抱住她……

慶芬：不是同情……是妒忌。

△ 她們一起哭著……

△ 在堤防上，渺小的……

場次	33	時間	**夜**	場景	**街道**
人物	**向立**、Rebecca				

△ 以慢動作的方式，Insert 之前，向立載著 Rebecca 騎車的畫面……

△ 搭上兩人曾經的對話……

Rebecca（畫外音）：為什麼你會認識于向立？

△ 救護車的聲音漸漸飛 in……

場次	34	時間	**夜**	場景	**街道 - 救護車上**
人物	Rebecca、**慶芬、醫護人員**				

△ 救護車飛奔在夜路上，鳴笛聲讓人忐忑……

慶芬（畫外音）：（苦笑）所以我們的前世一定有什麼孽緣，才會有這麼多的巧合，連生日都是同一天。

△ 救護車上，焦急的慶芬緊緊的握著 Rebecca 的手……Rebecca 痛苦的狀態……

慶芬（畫外音）：我們是糾纏的兩個粒子……

場次	35	時間	**日**	場景	**醫院 - 病房**
人物	Rebecca、**慶芬**				

△ 救護車的聲音淡出……

△ 慶芬正輕輕的以溫熱毛巾幫病床上的 Rebecca 擦著臉……

△ Rebecca 緩緩的、虛弱的張開眼……

△ 慶芬對她溫柔笑笑……

慶芬：早安。

△ Rebecca 凹陷的眼睛一直看著慶芬，好一會兒說道……

Rebecca：其實不是同一天……

慶芬：（沒聽懂）嗯？

Rebecca：我媽根本不想生下我……所以拖了一陣子才報戶口……

△ 慶芬一愣……

Rebecca：我根本不知道我生日是哪一天……

△ Rebecca 說完又緩緩閉上眼睛、沉沉睡去……

△ 慶芬看著她，怔忡著……

場次	36	時間	**日**	場景	**醫院 - 病房**
人物	Rebecca、**慶芬**				

△ Rebecca 已經陷入昏迷……

△ 病床用餐桌上放著筆電，正播著韓劇……

△ 慶芬的臉趴在 Rebecca 的枕頭旁，「一起」看著……慶芬邊因情節哭著、邊說情節給 Rebecca 聽……

慶芬：俊碩要趕去機場了……別緊張，他們一定會在一起的……一定是完美大結局……

場次	37	時間	**夜**	場景	**醫院 - 病房**
人物	Rebecca、**慶芬**				

△ Rebecca 仍昏迷著……旁邊傳來慶芬講電話的聲音……

慶芬（畫外音）：那就幫她抄經吧……會，我會通知你。

△ 慶芬邊掛上電話邊入鏡，坐在床沿、摸著 Rebecca 的臉……

慶芬：他想來看你……我猜你會說不行……你只想要他記住你漂亮的樣子對吧？

△ 慶芬笑了笑……

慶芬：我就知道。

場次	38	時間	**夜**	場景	**醫院 - 病房**
人物	Rebecca、**慶芬**				

△ 睡在看護床上的慶芬，突然張開了眼，她看著前方恢復意識後，猛的坐起……

慶芬：怎麼了？

△ 是 Rebecca 坐在床上看著慶芬，她笑了笑……

Rebecca：好像該走了。

慶芬：走去（頓，想到了）——

△ Rebecca 笑了笑……

Rebecca：好不想走喔……但是……我媽跟我爸來接我了，不好意思讓他們等太久……。

△ 慶芬面無表情，默默的流下眼淚……

慶芬：你走了我要怎麼辦？

△ Rebecca 安慰的笑了笑……

Rebecca：當然開心的好好大笑幾聲啊……

△ Rebecca 說著紅了眼睛……

△ 慶芬哭了出來……

△ Rebecca 深深的看著慶芬，充滿感激、欣慰的笑了……

△ 疊上下一場的特效畫面……

場次	39	時間		場景	**特效畫面**

△ 是「Rebecca．張」的社群發文，一整篇。配合 Rebecca 的 OS…

Rebecca OS：**嗨。我知道你來過。……也知道「來過」的意思……**

場次	40	時間	**日**	場景	**Rebecca 家 - 陽台**
人物	**Rebecca、向立**				

△ 下著雨……

△ 主觀俯視的樓下，向立坐在摩托車上（同第七集 34 場），正看著手機……

Rebecca OS：**來過就夠了。**

△ 是 Rebecca 站在陽台上，含著眼淚、看著樓下……

△ 樓下的向立抬起頭之際，Rebecca 趕緊躲著、蹲下了身子……

△ Rebecca 躲在那裡，眼睛紅了起來……

Rebecca OS：**說好囉，我要做你心裡的微笑，而不是一份自責。**

△ 音樂起……

△ Insert Rebecca 生命中的男人……

△ 瑞之……總經理……以及第五集 38 場出現的那些男人……

△ 最後漸漸淡出……

△ 下一場慶芬的哭喊先 in……

慶芬（畫外音）：火來了！

場次	41	時間	**日**	場景	**火化場**
人物	**慶芬、張哥**				

△ 慶芬和張哥跪在火化場，看著前方，慶芬含淚繼續喊著……

慶芬：快跑……

△ 張哥泣不成聲，根本喊不出口，慶芬繼續喊著……

慶芬：Rebecca……

場次	42	時間	**日**	場景	**港邊的小屋外**
人物	**慶芬、張哥**				

△ 他們都恢復了情緒，在屋外燒著紙錢……

△ 張哥邊丟著紙錢邊說道……

張哥：這些拿去買漂亮衣服……

△ 慶芬聞言也笑了笑……

張哥：她就是愛漂亮……

慶芬：欸，要是錢夠的話，記得多幫我買一件……

△ 火燃著……

慶芬 OS：意識早就幫我們決定了答案，決定了我們存在的宇宙……

場次	43	時間	**日**	場景	**港邊的小屋 - 房間**
人物	**慶芬**				

△ 慶芬一件一件的、慢慢的摺著 Rebecca 的衣服，放進一旁的紙箱……

慶芬 OS：**那，這到底是你的意識？還是我的意識？是我活在你的宇宙？還是你死於我的宇宙？**

場次	44	時間	夜	場景	港邊的小屋
人物	慶芬				

△ 慶芬收拾著其他遺物……Rebecca 的眼鏡、Rebecca 看的書、Rebecca 的壓力球、Rebecca 的筆記本……

慶芬 OS：**總之，如果疊加態是真實存在的，（不打開盒子）那麼某一個宇宙裡，你一定得到了你值得的一切。**

△ 慶芬把筆記本放進紙箱前遲疑了一下，她想看看。於是拿著筆記本在沙發上坐下，開始翻閱……

△ 翻到某一頁，慶芬頓住了……

△ 那一頁夾了一朵慶芬種的花，已經乾枯發黑……

△ 慶芬拿起那朵壓扁的花，開始閱讀文字……

Rebecca OS：**一，謝謝。……二，還好有你，這段時間終於不會那麼嚇人。三……直排輪下課的時候，我看見了何瑞之去接布布，老了點，但好像更有魅力了……四，我傳訊息給何瑞之的兩天後，才收到了他的回覆……**

場次	45	時間	夜	場景	街道 - 車上（慶芬家附近）
人物	瑞之				

△ 瑞之坐在熄了火的駕駛座上、抽著菸，看著手機……

△ 手機螢幕上，是一個瑞之即使刪除也忘不了的電話號碼，傳來的訊息：

記得我的乳房嗎？它漂亮嗎？

△ 瑞之看著、想了一會兒，才開始輸入……

△ 手機螢幕：

你應該是傳錯了
請不要再傳來了

△瑞之送出後，收起手機、準備下車，手機卻響了，瑞之一頓，再次拿出手機，看著、遲疑著，好一會兒終於接起，卻沒說話……

場次	46	時間	夜	場景	Rebecca 家 - 客廳
人物	Rebecca				

△Rebecca 聽著手機沉默著……
△他們都沒說話……好一會兒，Rebecca 滑下了眼淚，說道……
Rebecca：要不要過來？……我一直等你的地方。
△彼端一直沉默著……

場次	47	時間	夜	場景	街道（慶芬家附近）
人物	瑞之				

△瑞之的車子駛出，遠去……卻又突然煞住——

場次	48	時間	夜	場景	慶芬家 - 客廳
人物	瑞之				

△續第六集 17 場……
△剛回家的瑞之坐在何媽的身旁，看著這一切，想像著之前的災難……
△然後——
△瑞之舉起了手中的手機，開始輸入……
Rebecca OS：**很想知道他寫了什麼給我嗎？答案在我手機裡。**

場次	49	時間	**夜**	場景	**港邊的小屋**
人物	**慶芬**				

△ 慶芬蹲在放遺物的紙箱旁找出了 Rebecca 的手機……

△ 畫面跳，慶芬蹲在牆角插座旁，好讓 Rebecca 的手機邊充著電，她滑找著 Rebecca 的手機，終於停下……

△ 特寫手機螢幕——

瑞之：

我很愛我老婆。

△ 手機顫抖著，慶芬在哭……

Rebecca OS：**五……該妒忌的人其實是我。**

場次	50	時間	**日**	場景	**港邊的小屋 - 房間**
人物	**慶芬**				

△ 主觀、模糊的影像漸漸清晰，是 Rebecca 撿到的布布小汽車……

△ 床上剛甦醒的慶芬，靜靜的看著床頭上的小汽車……

慶芬 OS：**你果然是我們心裡的微笑。**

場次	51	時間	**日**	場景	**海濱公路、車上**
人物	**慶芬**				

△ 終於掉下的保險桿，一路摩擦著公路地面……

慶芬 OS：**這一路實在顛簸……**

△ 車上，慶芬開著車……

△ 公路上，瑞之的車子因保險桿而卡卡、緩緩的前行，綠色的路牌顯示著往台北的方向……

慶芬 OS：**但路上的風景……真好。**

△ 這時，鏡頭緩緩搖向右側那一大片的濱海風光……

△ 陽光、湛藍，活著真好，好好活著。

慶芬 OS：別擔心，以後我會跟自己說話。因為彼岸，即此岸。

△ 畫外音：手機彼端的鈴聲響起，兩聲後被接起……

瑞之（彼端）：喂？

慶芬（畫外音）：我在路上了。等我。

瑞之（彼端）：小心開車。

慶芬 OS：我突然發現，「小心開車」，原來是這麼甜蜜的一句話……

全劇終。

PROD 不夠善良的我們
A 168
B 044
52-1
1
徐譽庭
2023 04 25
PROD 不夠善良的我們
A 168
B 044
52-2
1
殺青了
徐譽庭
2023 04 25

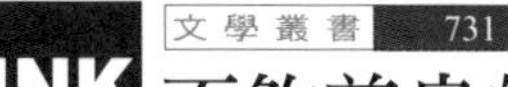

文學叢書 731

INK PUBLISHING

不夠善良的我們 劇本書

影集出品　公共電視　台灣大哥大 MyVideo
影集製作　有花影業製作股份有限公司
劇本版權　公共電視　徐譽庭
編　　劇　徐譽庭
總 編 輯　初安民
責任編輯　宋敏菁
美術編輯　黃昶憲　劉美琪　陳淑美
校　　對　孫家琦　徐譽庭　李婉榕　宋敏菁

發 行 人　張書銘
出　　版　INK 印刻文學生活雜誌出版股份有限公司
新北市中和區建一路249號8樓
電話：02-22281626
傳真：02-22281598
e-mail：ink.book@msa.hinet.net
網　　址　舒讀網http://www.inksudu.com.tw

法律顧問　巨鼎博達法律事務所
施竣中律師
總 代 理　成陽出版股份有限公司
電話：03-3589000（代表號）
傳真：03-3556521
郵政劃撥　19785090　印刻文學生活雜誌出版股份有限公司
印　　刷　海王印刷事業股份有限公司

港澳總經銷　泛華發行代理有限公司
地　　址　香港新界將軍澳工業邨駿昌街7號2樓
電　　話　852-27982220
傳　　真　852-27965471
網　　址　www.gccd.com.hk

出版日期　2024年 5 月　初版
ISBN　978-986-387-727-1
定　價　550 元

• 本劇本獲文化內容策進院支持

國家圖書館出版品預行編目資料

不夠善良的我們 劇本書／
徐譽庭編劇 --初版,
新北市中和區：INK印刻文學，
2024. 05 面；公分.（文學叢書；731）
ISBN 978-986-387-727-1　（平裝）
863.54　113004816

舒讀網